U0136853

華志文化

華志文化

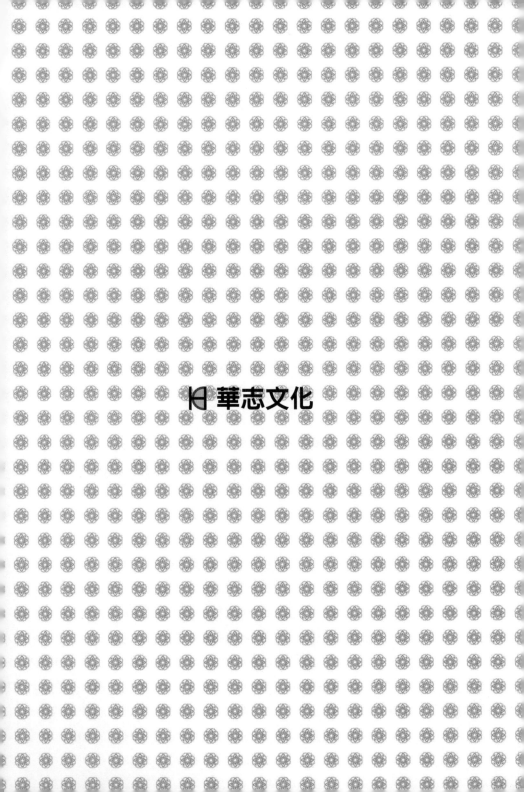

華志文化

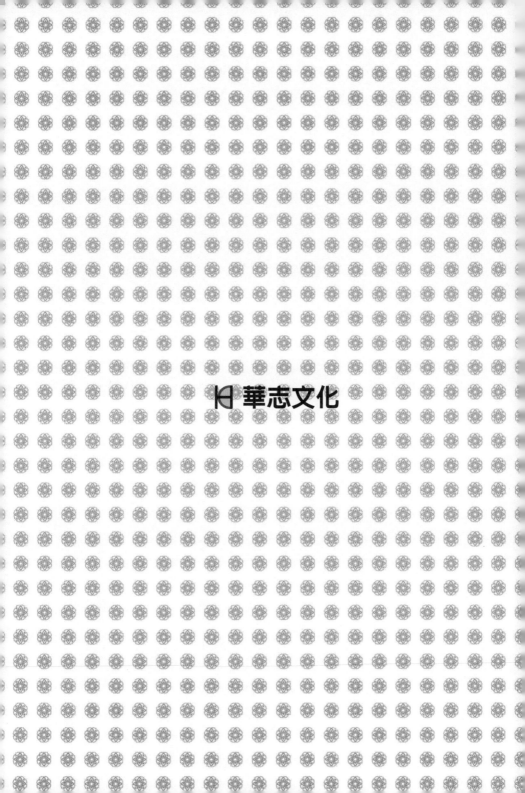

華志文化

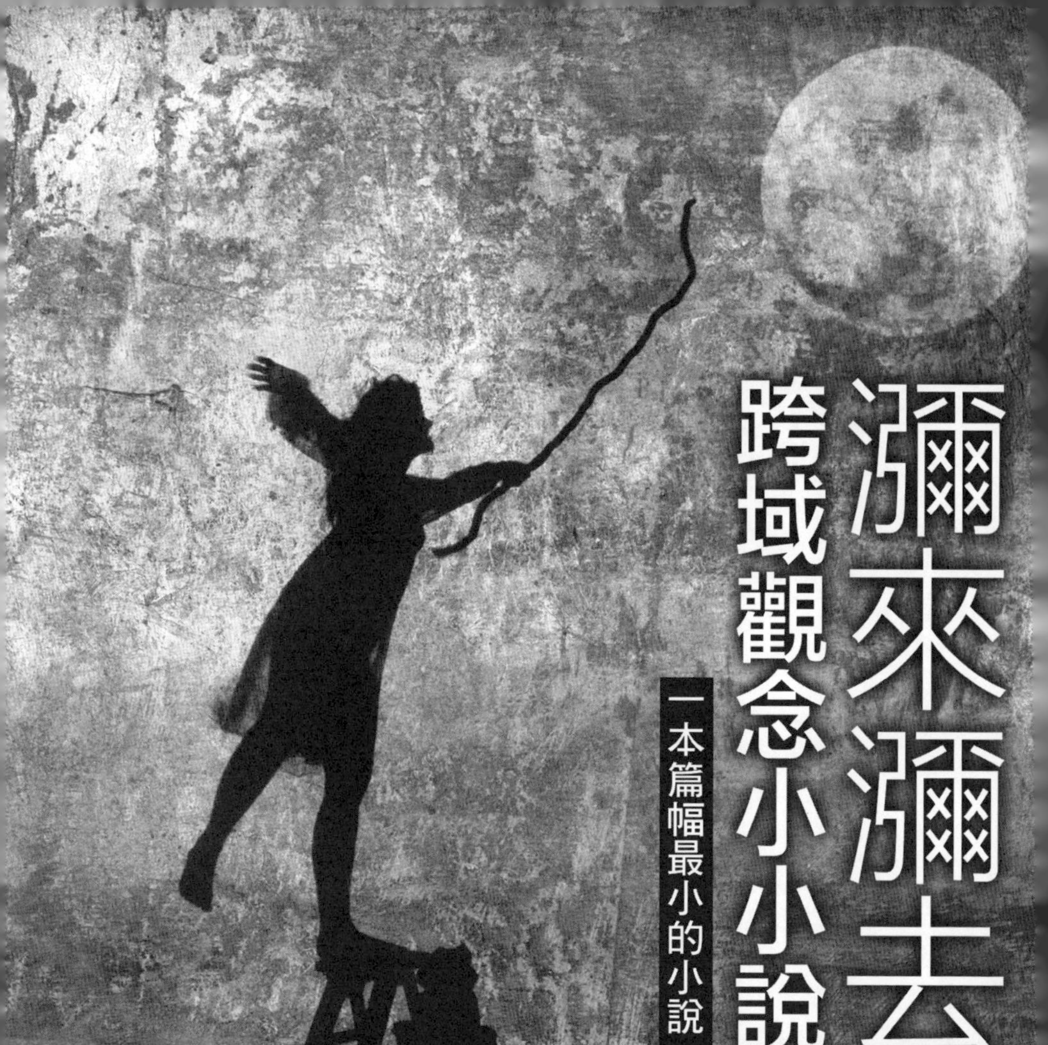

# 瀰來瀰去

## 跨域觀念小小說

一本篇幅最小的小說

作者 周慶華

**極短篇小說：自然瀰化中汲出，予以別樣的活脫昇華。**

瀰（meme），是文化基因，轉用在小說上，則可以統括古來大家所創發寫實、超現實、魔幻寫實、科幻、後設、基進等觀念的交纏疊現。將觀念揉合併集於一本書中，且出以極短篇形式，則又有嘗試表現方式的另啟新猷。於是揉併是對舊瀰的接收，以短製包裝是相關新瀰的部署；而小說寫就瀰來瀰去後，則是可能的另一波文化翻新的開始。

# 小說的演化由來

# 瀰來瀰去

瀰（meme），是文化基因，轉用在小說上，則可以統括瀰來瀰去——跨域觀念小小說。

周慶華著

# 瀰來瀰去

## 內容簡介

瀰（meme），是文化基因，轉用在小說上，則可以統括古來大家所創發寫實、超現實、魔幻寫實、科幻、後設、基進等觀念的交纏疊現。而將它揉合併集於一本書中，且出以極短篇形式，則又有嘗試表現方式的另啟新猷。於是揉併是對舊瀰的接收，以短製包裝是相關新瀰的部署；而小說寫就瀰來瀰去後，則是可能的另一波文化翻新的開始。

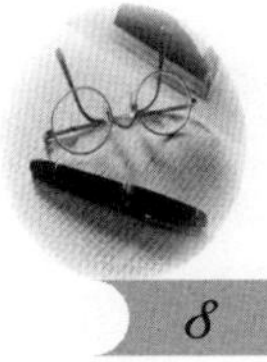

## 作者簡介

周慶華，文學博士，大學教職退休。現專事寫作兼作文學服務，出版著作六十多種。年輕時，曾得過聯合報小說獎，作品散見報刊雜誌；後來從事各種學科理論的建構，更多揮灑；如今有理論資源挹注，再行出發刻鏤小說，技藝風格益形變化多端。

# 瀰來瀰去

## 序

小說所以成瀰，都因為有道金斯（Richard Dawkins）《自私的基因》創造了一個meme字，音譯兼意譯後讓它成為文化傳染因子，使得小說已經存在的一些重要觀念，也開始得著機會可以像霧氣那般瀰漫開來。它未必如同林區（Aaron Lynch）《思想傳染》所作流行病毒的比喻，能夠在毫無阻礙的空間急速散播，但也由於本身具備穿梭感性領域的魅力，而始終保有再生靈動的特性。

這是說把瀰轉用在小說上，則可以統括古來大家所創發寫實、超現實、魔幻寫實、科幻、後設、基進等觀念的交纏疊現，看它

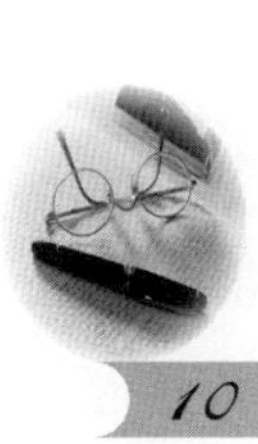

們在一番交互激發姿采後自動完成稱瀰的儀式。這既是現實情境可能的反映，又是言說藉端必要的位置設定，從而希冀將小說從自然瀰化中汲出予以別樣的活脫昇華。因此，現實和言說在此刻交織成一幅你瀰來我瀰去的美感網絡，足夠誘發任何新生的審美心靈。

依理這個世界堪稱奇妙，乃由於有小說蘊涵巨幅情節大宗在引人側目的緣故（大家只要想想《三國演義》、《西遊記》、《水滸傳》、《金瓶梅》、《紅樓夢》、《儒林外史》、《唐吉訶德》、《包法利夫人》、《戰爭與和平》、《尤利西斯》、《追憶似水年華》、《法國中尉的夫人》、《幽冥的火》等在新穎你我的觀感，就可以會意一二）；只是它的變化多端而常往輕／匿名／冷等氛

圍中去遁逃，自我形成一個睥睨寰宇的超越性視野。也就是說，在創作的立場，小說可以輕，也可以匿名，更可以冷，何不擇取以居光譜另一端來顯能！當中輕，是因為要短製；而匿名，乃是不想因為落實而給人感覺在指桑罵槐特定對象（即使人物姓名都是經過虛構的程序）；至於冷，則是因為避熱可以免去凡俗但見諧趣的指控。雖然如此，這種冷所具深度無妨可以成為小說瀰而逐漸熱起來；同時也緣於輕慣和匿名技藝而演繹出新瀰風采。

背景已明，接著則要說本書產製的因緣考慮：首先，把寫實、超現實、魔幻現實、科幻、後設、基進等觀念揉合併集於一書內且出以極短篇形式，乃在嘗試表現方式的另起新猷。此中揉併是對舊瀰的接收，以短製包裝是相關新瀰的部署；而小說寫就等它

# 瀰來瀰去

瀰來瀰去後，則可能是另一波文化翻新的開始。

其次，書中所劃分寫實、超現實、魔幻寫實、科幻、後設、基進等類型，不論詞語來源如何（分別譯自 realism, surrealism, magic realism, science fiction, meta, radicalism 等），凡是有字面見義不足的，就任它自由衍生實質向度，憑人揣度，此地不便再作解說或別為界定。

再次，書中有部分篇次是入睡後得到的靈感，而向來我對夢境的預兆都持保留態度，也難以想像所謂的下意識寫作，但有關自己進入夢中還能思考一事，卻感覺真實得很，以至夢裏夢外常連成一氣，確是奇妙難喻。不知這是否也可以瀰化而成為今後深究書寫志業的額外指標，容許大家來對諍，但一樣無法在這裏強行表白。

可見小說瀰能夠在「由外擴散衝擊而來」和「自我推衍繁殖而去」等雙重律動中逐漸緜延深化，有所感應的人最終要以什麼態度去對待，則施行案例多已經鋪展在眼前，諒必不難抉擇。

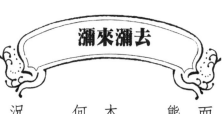

至如本書只當是踐履創新旨意，不敢自居小說寫作指南或範本，畢竟所有的想頭都可能在迸現後從新被延異去沒有了時，任何的硬加評估企圖永遠要面對「不勝定位」的困擾！

還有書名逕取作《瀰來瀰去》（副標題則依內篇各文實際狀況訂定），此詞語乃我於２０１０年出版《反全球化的新語境》時就已造出，後又於２０１６年應臺東大學華語系董恕明教授邀約去她的課上講「瀰來瀰去：小說的演化」再用過一次，如今更以它來指稱書中眾觀念小說穿梭游牧的情況。至於大家如要解會，則可以參看前面所分說。

周慶華

# 目次

## 瀰來瀰去

## 瀰來瀰去



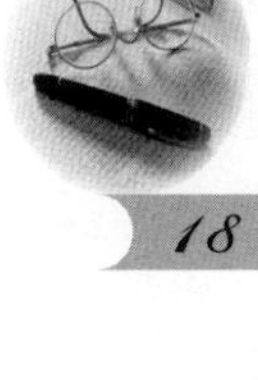

## 瀰來瀰去

## 瀰來瀰去



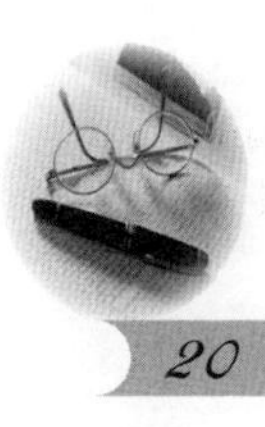

## 濔來濔去

## 瀰來瀰去



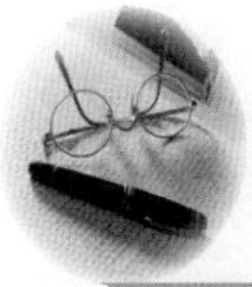

## 灦來灦去

## 濔來濔去



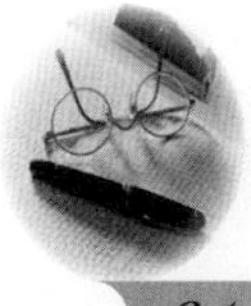

## 灞來灞去

## 灑來灑去

## 溜來溜去

## 瀾來瀾去

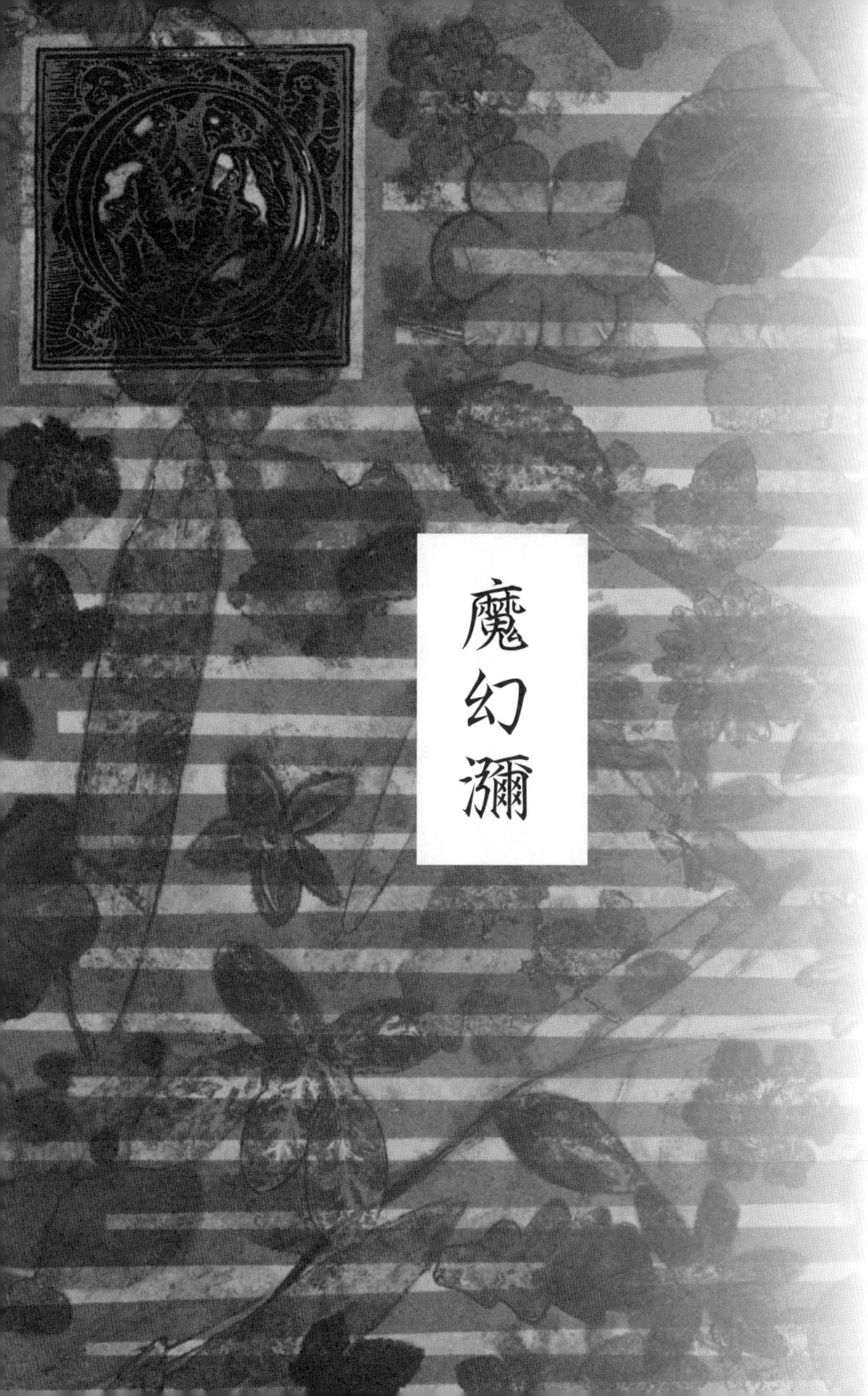

# 魔幻瀰

# 瀰來瀰去

## *天語

窄小的素齋坊，坐滿了人，大家都靜謐飲食，很少交談。

靠牆角的那桌，突然噪動了起來。小男孩嘰嘰咕咕講個不停，一會兒急說嘴巴被燙到，一會兒嚷著要大便。他的爸爸跟著忙進忙出，也左一聲安撫右一聲訓斥起來。

許多莫名其妙的話，都在這個時候冒出來。只有小男孩的媽媽始終一語不發，她眉頭深鎖的看著父子的演出。

用完餐，離去前，做爸爸的牽著兒子走前面，做媽媽的殿後。她回頭對著空椅子，輕輕地說了一句：

「你們也可以回去了。」

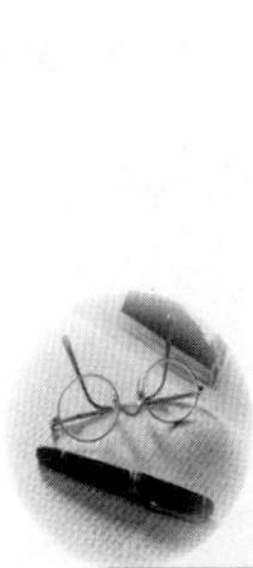

## *還你判例

三個人被槍決，有兩個脖子被拴了鏈條帶去另一個地方繼續服刑，只剩他一人滯留在監獄裏。

「我不是上吊死了？」這一天他又喃喃自語起來，「為什麼還在這裏？」

沒有人答話，他只好繼續遊蕩。有時走去看看先前呆過的牢房，現在已經換了一個年輕人；有時又到刑場瞧瞧，恰巧有一個壯漢連吃了三顆子彈才斃命，也同樣的被拴住脖子帶走了。

「天啊！」他看著不禁一陣哭喊，「誰能告訴我，為什麼走不出這座監獄？」

## 瀰來瀰去

仍然聽不見回音，他黯然的頹坐在草地上。望過了星辰，又遇到了烈陽，他意志蕭條得只存一絲問天的勇氣。

三年後，他坐在菩提樹下午寐，隱約中傳來一個聲音：「你已經服完刑，回家吧！」

他睜開眼，監獄不見了，一條道路筆直的向前延伸過去，不遠處有車子在流動。

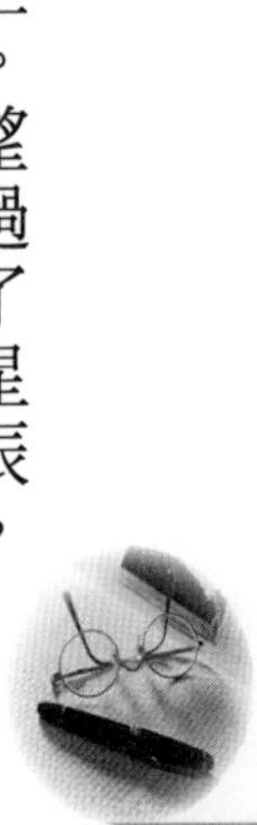

# 瀰來瀰去

## *午夜場

KTV包廂內，酒、食物和爆裂的音樂歌聲交混著。

他舉起酒杯，說：「各位朋友，我的錢只夠請你們這一次，直到天亮前大家都可以盡情地歡唱。」

服務生開門進來，看到他一個人在喃喃自語，又退了出去。

隨後搶麥克風和爭唱順序的聲音，此起彼落。

# 瀰來瀰去

*餘情

「最後一個了，老天可要保佑別再出差錯！」他拖著老邁多病的身軀，携帶老友的骨灰罐來到機場，才剛祈禱完，卻發現前往上海的班機早在半個鐘頭前起飛。

「慘啦！」他一時情急連眼淚都擠出來了，「我可是費好大的勁才到這裏，現在怎麼辦？」

他看著骨灰罐，巴望老友能答應一聲，但眼前只有穿梭不息的人影，他什麼也感應不到。

「老先生，」有個帶團即將出國旅遊的男子走過來，遞給他一張名片，「你去找這個人，請他幫你想辦法。」

他謝過後，按照名片所示撥了電話。對方了解情況後，即

刻趕到，然後帶著他往航空公司訂位組辦公室走去。

不到二十分鐘，從新劃好了下一班的機位，對方自己也買了一張票。

「我正好要去上海，」對方面帶微笑的說，「我們就同行了。」

「你不是還在上班……」他不解的問。

「剛剛公司要我出差。」對方輕鬆的回答。

這一趟行程到半路時，他終於悟出了對方是在幫他完成老友所託付的事。他知道老天並沒有讓他失望，在安葬好老友後，回臺再找一個時間帶著禮物去旅行社向對方道謝。

「收下吧，」他不准對方婉拒，「我的朋友還在窗外跟你致意呢，他後面那兩位也是你以前幫過的。」

## *不由自主

他每次喝酒，都是仰頭直接從喉嚨灌進去，再多也難不倒他，尤其是別人請客的時候。

現在他失業，只能仰賴家人接濟。他常對朋友說，明明晚上沒有喝酒，隔天醒來卻全身酒氣。

一次他不在場的聚會，有熟悉內情的人說了：「酒是別人在幫他喝；而別人喝了酒也會來讓他分享。」

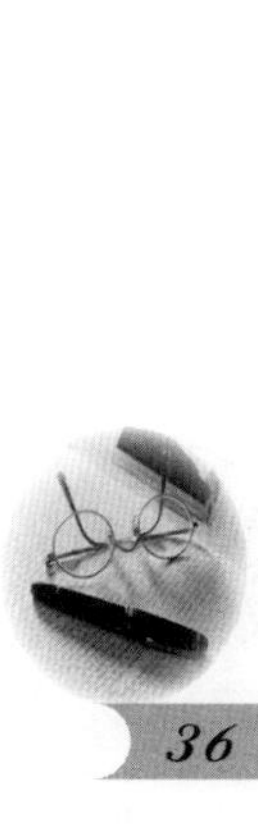

# 瀰來瀰去

## *現身

男子站在那棵榕樹前已經很久了，他時而凝視，時而比手劃腳，嘴巴還念念有詞。最後他作勢要擁抱什麼，整個人趨向了前去；但對象似乎在退縮，讓他停止腳步，現出一臉失望的表情。

有幾個人圍過來，順著男子凝望的方向看去，沒有發現什麼，只有兩隻麻雀在枝椏間跳躍著。為首的那個人問：

「你在跟鳥說話麼？」

男子沒有回應，仍然仰頭咧嘴看著樹上，好像在期待什麼。

「她微笑了，」男子突然對著眾人叫了起來，「你們沒有看到上面有個漂亮的女人嗎？」

# 瀰來瀰去

## *人與狗

主人騎車，他的狗在距離兩公尺外的自行車道追趕。機車越跑越快，狗的跳躍力道也越來越猛。

忽然，有一輛貨車從左邊的岔道竄出，他來不及煞車撞了上去，人彈進草叢倒地不起，機車解體裂成兩半。

狗沒有停下來，繼續奔跑，因為他看見主人還在前面正坐急馳。

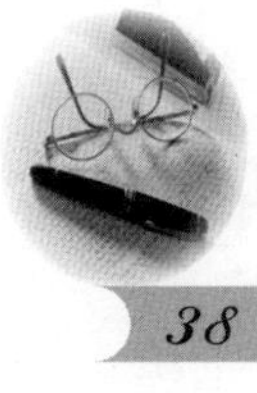

## *腳底按摩

他請人做腳底按摩，二十幾年過去了，還是沒有治好上腹部脹氣。

最近他依照書上的指示，按摩胃和十二指腸反射區。

一個星期後，居然好了七八分。

一天，晚上做夢，他聽到一個聲音：

「是我們決定離開的，先前讓你受罪，是因為不願你太得意。現在你退休了，應該還給你舒服一點的日子。」

# 瀰來瀰去

## *輪迴

幾位通靈人相聚，這次他們在分享跨時空的經驗。

「你們知道孔子、莊子、秦始皇，他們那裏去了？」有人發問。

「肯定不在靈界，」帶頭的那個說，「我請祂們查過了，位子是空的。」

「那會在什麼地方？該不會被請去外星球吧！」另一個說。

忽然有人咳了一聲，興奮地站了起來喊道：

「消息來了，祂們要我們到歷代的思想家、詩人和暴君名單中找找看。」

「呿！」坐在旁邊的人立刻給他吐槽，「那些人不也都死

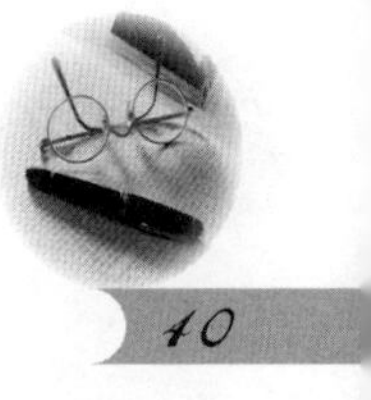

去了？」

「所以他們又都來到了今天的世界。」他很篤定的說。

結論出來了，孔子、莊子和秦始皇，他們這一世都已經改變了性情和手段。

「說不定也常出國去講學和幹一番大事業呢！」沒講話的那個人附和著說。

## *賭一次

幾位女教授，圍住教師休息室，她們在訾議同一個人，他是學校的牧師。

「上回他在這裏，語帶曖昧的對我說，你的皮膚好白哦！」

「欸，他對我也是這樣，還乘機湊過來摸我的手臂。」

「那可好了，我被他偷親了一次臉頰！」

她們說的都是教師休息室走剩兩人時的情況。事後，她們都不敢投訴，因為對方比誰都有機會否認；她們也不敢跟對方翻臉，因為駭怕那要付出更大的代價。

最後，她們決定息事寧人，只是不再跟對方同處一室。

連續兩個星期，教師休息室都沒有出現他的身影。

# 瀰來瀰去

有人帶來消息，說牧師晚上出去校園散步，無緣無故跌入水溝，摔斷了手臂，臉頰還有一個紅紅的巴掌印，當時沒有其他人經過那裏。

## *會晤

公園石椅上，坐著兩個耄耋老人，神情漠然。他們一邊抽菸，一邊感嘆的聊著：

「毓鋆走了，南懷瑾也走了，天底下再也不會有私人講學。」

「我在想他們的徒弟，大概也沒有能力把師道宏揚光大。」

清風徐徐吹著，有幾片落葉從他們眼前飄落。為長的那位，俯身撿起一片，有感而發的說：「葉子黃了就要離枝，而離枝後的葉子就只能讓人悼念，它自己是不可能再說故事給人聽了。」

「是啊，」另一位附和著，「從前我們也有很多徒弟，可

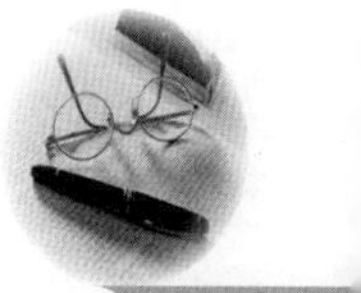

是還沒看到有一個爭氣的，現在想再找人來聽故事恐怕也是徒然！」

他們嘆息了一會，又各自點燃第二支菸。這時有兩個男孩踩著滑板過來，他們本能地把腳縮進去；但顯然的男孩並沒有看見他們，逕自的喧嘩而過。

「或許我們都該把講學的方式改一改，至少要弄筆獎學金吸引優秀的人來聽講，以後才能寄望他們。」

這是他們共同的結論。分手前，彼此再相望一眼，互道珍重：

「懷瑾老弟，菸少抽一點。」

「毓老，你也一樣。」

## *最後一次

計程車開到半路，他又被搶了。這次搶他的人是個醉漢，對方先吐了他一身，等他把車停在路邊清理時，好意的請他吃一顆檳榔，不久他就昏昏沉沉的睡著了，醒來已被洗劫一空。

他返回劉半仙處，詢問是不是要報警。

「沒有用的，」劉半仙說，「搶你的人，大多沒有前科，警察根本認不出來。」

「那我不就得繼續忍受他們拿刀拿槍威脅我，把我辛苦賺的錢搜刮走。」他邊說邊無奈的嘆氣。

「如果你不放心，」劉半仙獻了一個策略，「明天給我六萬元紅包，我想辦法跟祂們的頭兒商量，除了搶錢，不可以傷

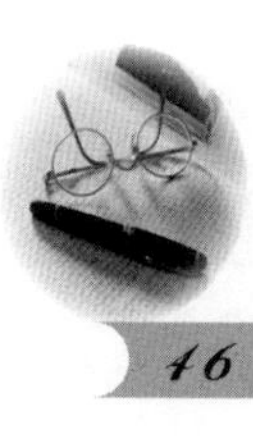

你的人壞你的車。」

這些日子來，劉半仙的話是他唯一相信的。因為他上輩子當土匪，搶過六十一個人的財物，當中有二十五個人不再計較，其餘的都請了令要來追討，個個都有跟班在暗中引導他們找到他，所以他就防不勝防的一再被搶劫。

付過了那六萬元，他心裏篤定了一點，至少不必再駭怕一條老命會賠進去。這一天，他又繞到劉半仙的攤子，想問問那最後一個搶匪什麼時候會出現。但劉半仙不在，桌上有張紙條指名是留給他的：

「你不用等了，我就是那第三十六個討你債的人。我已經回本了，你也自由了。還有記得把開夜班的習慣改掉，那太危險了，很容易被搶。」

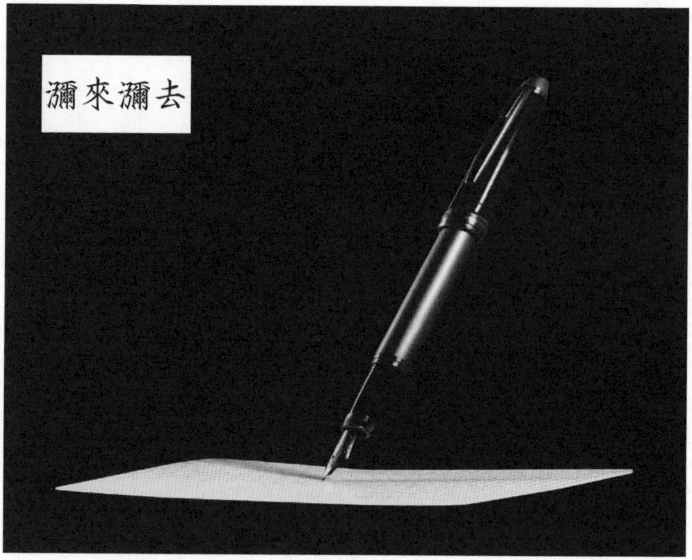
瀰來瀰去

# 基進灦

## 瀰來瀰去

**＊真相**

訓誨師面前坐著一個偷竊慣犯。沒等訓誨師開口，對方就先說話：

「我們來這個世界是有使命的。」

「誰沒有使命？」訓誨師故作矜持的說，「說來聽聽，你的使命是什麼？」

「解決貧富差距問題。」偷竊慣犯回答。

訓誨師噗哧一笑，本來要把話頂回去，繼而一想這樣會太便宜他，所以改變方式反問他：

「你連窮人也偷，而真正有錢的人又偷不到……」

「等等，」偷竊慣犯打斷對方的話，「我不同意你的說法。

## 瀰來瀰去

偷到窮人是誤判，偷真正有錢的人我們還在努力。」

「所以說白了，你是沒有一點悔意嘍！」訓誨師覺得自己快要被訓誨了。

偷竊慣犯在離去前，帶點安慰的口吻跟對方說：「繼續我們這樣的互動，你才不會失業。」

基進瀰

## *小說治療

到了餐館，他習慣坐在靠門口的位子。旁邊有一個大水族箱，裏面養了十幾條肥金魚。

這一次，他邀了朋友，坐在同樣的位子，兩人各點一份主菜是魚的套餐。

瞬間，金魚噴了一口水出來。他轉過頭要找兇手，只看到所有金魚一款無辜的表情盯著他們。

話題轉到感情上。朋友的婚變故事才講一半，又有一口水從魚缸吐出來。還是同樣的景象，金魚都聚集在他們眼前，就是不知道那一隻為什麼要促狹。

他猜想，大概金魚不喜歡人家吃魚又聊脫序話題，所以準

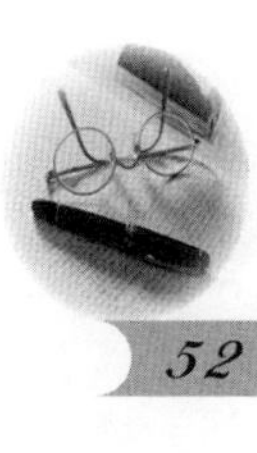

備提早離開。

臨去前，他要脅金魚說：「下次再亂噴水，就要把你們寫進小說裏。」

果然往後幾次，再也沒有遇到相同的情景，甚至有幾隻金魚看見他來了，還自動游到別處去躲避他的眼神。

## *女人四十一枝花

「再過幾天，就滿四十歲。」她在心裏度量著。

男朋友還在浪蕩，他只喜歡衝浪，看自己也看別人在大海激情的翻滾。

「不知道下一篇論文的題目要訂什麼。」她開車從學校出來，拐個彎就到了一家咖啡店。

「〈咖啡與人生？〉」她繼續思索著，「不好，他又不喝咖啡，內文會撐不起來。」

老闆端來咖啡，臉上沒有笑容，窗外的陽光亮晃晃的。

「難道要逼自己寫一篇〈衝浪文學〉嗎？」

她想著，兀自笑了起來，知道那是不可能的事；從來都沒

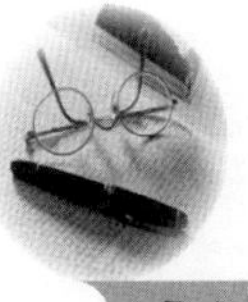

有去掬過一瓢海水，怎會了解衝浪人在文學中的寄情？

「那寫〈女人四十一枝花的隱喻〉好了。」她拍手叫了起來。

藏在吧檯後面的老闆，伸出頭來看了一眼，發現沒什麼動靜，又把身子躬了下去。

她付了錢，準備離開，突然老闆像會猜心思的對她說：「不結婚也好，像我隨時都可以胡思亂想。」

## *第二春

「婚姻是道德問題，愛情是審美問題；而婚姻和愛情挫敗後，就有了哲學。」

兩個哲學人正在討論他們外遇的出路問題。

「如果上述的結論可信，」其中一個說，「那麼初度愛情是緣遇；二度愛情是枯木逢春，也是緣遇，都不應該讓道德進來攪和，而哲學也得退到一邊去。」

「所以我們可以繼續在一起，」另一個說，「因為沒有人能夠給我們緣份，也沒有人能夠給我們美感。」

## *無念

他始終窩在鄉下寫作，工具只有筆和稿紙。幾十年過去了，報章雜誌刊出了他無數的作品，書也出了很多本。

但他的世界，依然是書和跟家人共享的電視。

網路上已經有許多他的資料，包括記者訪問拍的照片、出版社提供的資訊、別人研究談論他作品的文章、同名同姓誤植的傳聞等等，林林總總不下數千條。他偶爾會聽到朋友的描述，卻沒有一點衝動去瞧個究竟。

直到他過世那一天，他都不知道網路上有一個陌生的自己。後來有位學者追蹤到了他的住處，發現他的家人只是一隻狗，而那隻狗也早就跟著他到另一個世界了。

# 瀰來瀰去

## *非非想地

寺院來了一個人，想求法，好了脫生死。

「禪房後面有毛坑。」禪師說。

「就是這麼簡單？」來人問道，「可是我怕臭，怎麼辦？」

「毛坑旁邊有水池。」禪師回答。

「你的意思是叫我爬出毛坑，再跳進水池洗一洗？」來人又問道，「可是我怕冷，怎麼辦？」

禪師不再理會，逕去取竹帚往外掃地，灰塵紛紛飄向來人停在門口的自用轎車。

## *一人出版社

「只要不做發財夢，你就可以開辦了。」
「如果很快就把錢燒光，頂多關門大吉而已。」
「還有一個妙方，想辦法跟別人策略聯盟。」

大家一直在議論，卻沒有人採取行動。最後沒表示過意見的那個人創業了，他整合出一套終極的策略：靠告訴讀者怎麼開一人出版社賺錢。

基進瀰

# 瀰來瀰去

## *店名

男子中年失業，想自己創業，卻苦無宣傳對策。

一天，遇見一位久未謀面的朋友，話題聊開了，才知道對方正在從事創業顧問的工作。

「我想開一家模特兒仲介公司，」男子問道，「你覺得要怎麼招攬客戶？」

「公司名稱很重要，」朋友說，「像黑店、妖怪村、海盜屋，使用的店家和遊樂區，都很賺錢，你也可以想一個。」

禁不起男子一再要求，那位朋友終於幫他出了主意：

「你就取作『凹凸人力集散中心』吧！」

基進瀰

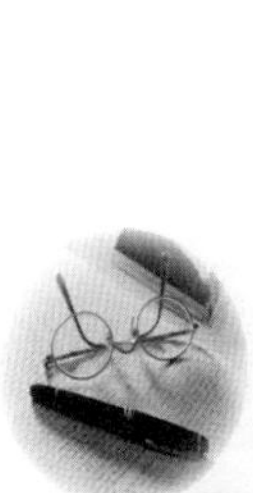

***連結點**

施老師教學生一邊打節拍，一邊寫歌詞，被巡堂的校長喊了過去：「體育課，你怎麼把他們留在教室！」

「報告校長，」施老師謙恭的說，「我在教他們作腦部運動。」

一個星期後，校長又經過同樣的教室，看到施老師手彈吉他，正在教學生唱歌。

「你把教室當作操場？」校長走進去滿臉不悅的問。

「報告校長，」施老師又謙恭的說，「我在教他們作口腔運動。」

連續幾個星期的腦部、口腔運動後，施老師把學生帶到操

場打排球。趁兩隊人馬正在廝殺時，施老師對站在一旁的校長說：

「校長您看，他們反應靈活，還會打帕司，都是先前在教室練過腦袋和嘴巴的關係。」

## *警察與小偷

警察抓到一名小偷，經過兩小時的訊問後，他把筆擱在一旁，問道：

「你知道你已經被抓到幾次了嗎？」

「知道。」小偷回答。

警察起身去泡了兩杯咖啡，一杯自己飲用，一杯給對方。他又問：

「你不怕再進去蹲牢房？」

「有什麼好怕的？」小偷挺了挺腰桿說，「反正技術又不會損失。」

「嗄？」警察詫異的看著對方，「你把偷竊當成一種技

術？」

這回換成對方瞪直了眼，反激警察：

「不然，你幫我介紹一份不需要用偷的工作！」

「我……」警察語塞再也說不下去了。

**＊宿命**

早已是數位時代了，他還在從事紙面寫作。

「你再不改用電腦寫作，」他的同僚帶點教訓的口吻說，「這個世界就沒有你容身的地方。」

他聽後笑笑，沒有辯解。

不久，在一次有關電腦寫作利弊的小型討論會裏，他說話了：「你們用電腦寫作，電腦在暗中會嘲笑你們的文章，而我的稿紙不會。」

## *微寫作

「一百字是上限。」教學微寫作的人最後拋下這句話。學員跟著忙於發簡訊、撰寫廣告詞、擬定新聞標題和為品牌命名，創意一一出籠。

「開公司，怎麼分工？」有人提問。

「你負責微，」教學者回應，「他負責寫，我負責作。」

學費單發下來，在五位數字後面加了一行字：

「不成功，便成仁。」

## 瀰來瀰去

### *解構主義餘絮

推崇解構思想備至的兩名學者，正在猜測他們的祖師爺德希達臨終前最想說的一句話是什麼。

「我終於摧毀了人類的文化。」其中一人說。

「哦，不對！」另一人加以反駁，「他會說幸好人類的文化沒有被我摧毀。」

說完，兩人唏噓了一場。最後，他們一起發現德希達就像這樣矛盾的過了一生。

基進瀰

# 瀰來瀰去

## *你的比喻有點下流

雜誌社女編輯，約了男兩性專家，在咖啡廳作訪問。

「你想過嗎？」兩性專家突然岔開話題，「為什麼女性被親密男子碰觸身體叫愛撫，而被陌生男子碰觸身體卻叫性騷擾？」

女編輯愣了一下，隨即要把話題扭轉回去：

「這跟我們現在談的婚姻不信任有什麼關係？」

「有關係，」兩性專家斬釘截鐵的說，「你最好要有想法，我接下去說的你才會明白。」

被對方這麼一攪和，女編輯忽然覺得主導權給奪去了一半。

不過，她還是配合的說出她的看法：

「那跟喜歡不喜歡或是否有權益衝突的心理因素相關。」

「有道理，」兩性專家馬上接著說，「但這也只能說明當女性討厭丈夫卻仍被侵犯時，女性會轉過來控告對方家暴，此外就沒有一點解釋力。」

女編輯開始要被激惱了，她沒好氣的把問題拋回給兩性專家。兩性專家篤定的答道：

「這只適合說會那樣兩極反應的女性，已經失去了判斷力。」

「你這也是性騷擾！」女編輯無明火升上來了。

兩性專家雙手一攤，露出無可奈何的表情說：

「或許吧！但不這樣推斷，我們如何一併理解男性老是被懷疑會先出軌？」

# 瀰來瀰去

**＊新秋決**

對這對住在豪華大廈的夫妻來說，回家變得是一件艱難的事，他們的唯一兒子，就像一頭沒得馴服的文明獸。

那天，做媽媽的跟客戶多談了一小時，匆匆忙忙的趕回去，看到兒子在上網，關心的問：

「你中飯吃了嗎？」

「吃了，」兒子連頭都沒抬一下，「狗屎都吃過了。」

她進房間換了一套衣服，準備去見另一個客戶，才剛出來，就被兒子批評：

「媽，你打扮得像應召女郎！」

她不知道要怎麼樣，才能封住兒子那張無法分辨是非的嘴。

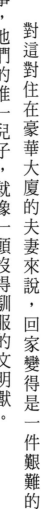

## 瀰來瀰去

她對客戶客氣，為公司爭取最佳的業績，都抵不上回家兒子隨便一句冷言冷語，她心裏時刻都在滴血。

晚上，做爸爸的也下班回來了。吃過飯，一家人在客廳看電視。

「那個女來賓太高傲了，講話都不給人留餘地。」

「爸爸，你少放屁了，沒人會屌你啦！」

做爸爸的這時只能裝作沒聽見，不然一理會兒子又有更多不堪入耳的詞彙冒出來。

這樣的日子不斷地重複著，直到有一天兒子要去當兵了，夫妻倆不放心，一再的叮嚀他要管好自己的嘴巴。

「你們別貓哭耗子啦，」兒子面無表情的說，「我如果講錯話被人幹掉，你們就可以解脫了。」

## *一起上場

做丈夫的架好了攝影機，躲在後面觀看。做太太的把一盒糖果從小女兒眼前抽走。

才在蹣跚學步的小女兒拿不到糖果，索性趴在地板，一邊哭嚷一邊滾動。

他們家的哈利，被命令蹲在一旁學人的哭聲。小女兒聽到狗學她哭，突然停止叫嚷，兩個淚眼急著尋找那聲音的來源，畫面出現了她驚訝的表情。

「可以了，」做丈夫的說，「趕快ＰＯ上網，準備收轉載費吧！」

## 瀰來瀰去

### *哲學迷

走廊上，兩個大學生在比賽套用羅素「我是堅持的，你是固執的，他是愚頑的」的著色修辭。

「我是基進的，你是偏激的，他是極端的。」其中一個說。

「我在潔淨腸道，你在摧殘腸道，他在腐化腸道。」另一個說。

這時來了第三個人，加入戰局：

「我是瘋子，你更是瘋子，他超極是瘋子。」

他的話都被前兩個人糾正，他們說它沒有著色。

「怎麼沒有著色。」他辯解著，「只要程度不同，就有著色。」

基進瀰

遠遠有一個人在旁觀，走過來說了一句：「三個人都是瘋子，已經著色了。」

## 瀰來瀰去

### *書的旅行

退休後，他決定一個人徒步旅行，只攜帶簡單行旅，在旅館換洗，冷氣會把它們吹乾。

每到一處，他都會買幾本書，然後找地方閱讀，讀畢就送出。得到他贈書的，有咖啡店、旅館、學校和社區圖書室。

一天，他走累了，就在一家幼兒園旁邊的涼亭看書。

一個小男生偷跑過來細瞧，他隨手把看完的一本書送給他。

「這是什麼？」小男生問。

「《秘密》。」他說。

「我不懂。」

「沒關係，你長大就會懂了。」

基進瀰

## 瀰來瀰去

隔天，他經過一家沒有圍牆的養老院，有幾個老人在樹蔭下乘涼，靜靜的看著他，最後把他讀完的《歲月的摺痕》、《一個人的天堂》索了去。離開前，他將背包裏那本藏了一陣的《潛水鐘與蝴蝶》，送給一個自滑輪椅最慢趕來的老人。

半年後，他回到家，讓五百多本書在外面繼續它們被借閱或轉贈的行程。

# 灞來灞去

## *你又遲到了

五分鐘、十分鐘……過去了，仍不見人影，他掏出左輪，站起來，朝主席的空位射了一槍。

子彈跳到旁邊男子的大腿上，室內亂成一團。

兩名警衛進來，把他架走。原來四處逃竄的人，再也不敢回到自己的座位。

唯一中彈的男子，坐著等待救援，許久都還在困惑他臉上那一絲詭異的微笑。

基進灞

## 瀰來瀰去

**＊共同體**

書店開張後，門口譜架上固定會出現當天出爐的小說，任由大家書寫意見，作者再據為調整情節的方向。

經過兩個月，已經累積了一大疊紙張，作者送來完結篇。

「生意怎麼樣？」作者問老闆。

「不錯，」老闆喜孜孜的說，「你那幾個朋友輪流來寫評語，確實能夠帶動人潮。」

作者回頭一看，老張依約正在譜架旁斟酌批評的語句，後面有幾個人頻頻朝眼前的畫面指指點點。

「下次你可不可以改到現場寫作，」老闆央求著，「我給你營利的十分之一。」

「好，就這麼說定。」作者盤算了一下，說：「那你要多安排幾個人在旁邊觀看。」

# 瀰來瀰去

## *山寨反攻

大陸來的學者，面對一桌雞肉大餐，個個臉色難看，遲遲不敢下箸。

「吃呀，」主人催促著，「不要客氣。」

還是沒有人動筷。主人以為他們在等待介紹菜名，所以就把白斬雞、醉雞、全辣雞丁、雞捲、雞肉乳酪餅、三杯雞、山藥雞湯等一股腦的說完。

「不是這樣的，」終於有人開口說話了，「在我們那裏，雞肉不能吃，因為吃起來像豆腐；豆腐也不能吃，因為吃起來像饅頭；饅頭更不能吃，因為吃起來像黏土，我們實在是怕到了……」

基進瀰

「哦，那簡單，」主人不疾不徐的說，「臺灣會仿冒的人，都去大陸發展了，你們學的可真快，連雞也能仿冒。但現在你們放心，桌上這些都是正宗的放山雞，吃了保證你們一輩子難忘。」

帶頭那個人先嚐了一口，覺得不錯，示意大家一起行動，然後杯盤就唧噹響了起來。不到半個時辰，菜餚幾乎被掃光了。

散筵前，吃得眼睛都快冒油的客人，紛紛上前來跟主人致意：

「今天這個山寨好，歡迎你們再度反攻大陸！」

# 瀰來瀰去

## *稍息

兩個跟獎無緣的小男生，站在隊伍裏看著臺上校長在頒獎。
高個子的那位，轉頭低聲對矮個子的那位說：
「如果你想要的話，我可以做一張給你。」

## *稍息續集

「可是我做的很醜。」高個子說。
「沒關係，我會給它加工。」矮個子回應。

# 瀰來瀰去

## *酷品味

「吃飯了嗎？」

「吃飯不是絕對必要的吧！」

「你的情人跟人家跑了。」

「她是她，我是我。她跟人家跑了，那是她的自由！那是她的自由，你懂嗎？」

「那你借我一千元。」

「請先告訴我，『借』是什麼意思！」

## *追蹤棒棒糖

老人為他的寵物猩猩舉行葬禮。在蓋棺覆土前，他將一大包棒棒糖放進猩猩身邊。

觀禮的人羣中，為首的那個人說話了：

「猩猩就是陪你吃棒棒糖，得糖尿病死掉，難道你要牠去陰間繼續吃，變得更嚴重嗎？」

這時老人腦海正浮出他嘴裏含一支棒棒糖也餵猩猩一支的畫面，並沒聽清楚對方說什麼。等會意了，他才笑吟吟的回應道：

「那是我要吃的，請牠代我保管。」

「牠代你保管？」對方也跟著想促狹起來，「恐怕牠自己會全吃了呢！」

「我不擔心，」老人說，「牠懂我的意思。」

老人腦海又出現猩猩沒示意牠吃，牠絕不敢吃的景象，臉上再度流露喜孜孜的表情。

過沒多久，人羣散去，老人開始挖另一個坑。

# 瀰來瀰去

**＊極機密**

「如果你比我會吹牛，我就服你。」

「你已經服我了。」

**＊極機密續集**

「人家在比賽吹牛，我們做什麼？」

「頒獎。」

# 後設瀰

## 瀰來瀰去

### *過招

有一天，我在構思一篇小說，隱約聽到兩個角色在對話：

「你知道為什麼你被寫成三角臉，而我卻是蛋形？」

「因為你比較狡猾，而我是正直人士。」

「不對，你小器又容易緊張，你看眉頭都皺在一起了！」

三角臉還是不服氣，他舉證說：

「根據心理學的講法，蛋形臉的人缺乏自信，所以對別人就會耍手段；而我有稜有角，至少不會害人。」

我還沒有決定派給他們什麼個性，他們就這樣爭辯起來，害我筆底鈍重不堪。

幸好有一個聲音從眼前冒出來，它救了我：

## 瀰來瀰去

「倘若委實不決的話，就讓他們面目模糊。」

看來這是最好的辦法了，但冷不防的其中一個角色威脅我說：

「讀者不會原諒你！」

是啊，讀者跑去那裏了？他肯定會有許多歪理可以用來數落我的不是。最後，我給那個角色一個忠告：

「你再多嘴，我就讓你徹底消失。」

# 瀰來瀰去

## *第五十七個

「你是寫小說的，我問你徐四金《香水》裏為什麼要安排葛奴乙殺死二十六個女子？」

朋友一進門，劈頭就提出這個問題。我正在構思一篇人類準備跨到第幾創世紀的小說，所以隨口就回答他：

「葛奴乙最後被一羣流浪漢活生生分食了，應該說總共死了二十七個人。」

「二十七個人？」朋友詫異的問，「有什麼意義？」

「創世，」我說，「二十七內含七和十七，一共三個七。《聖經·創世紀》說耶和華用六天時間造宇宙萬物，第七天休息，所以七天是一個創世紀。」

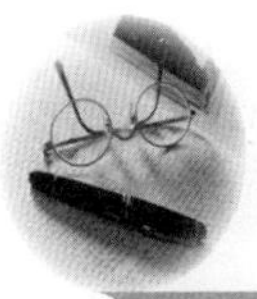

# 瀰來瀰去

朋友聽出了我話中的漏洞，緊接著又拋來一個問題：

「那其他兩個創世紀是誰包攬的？」

「發明機器和製造香水的人。」

這回朋友總算眉開眼笑了，他搥完我的肩膀後又拍他的腦袋，似乎還想探聽什麼。為了滿足他的求知欲，我提高了聲調說：

「現在又經過了兩個創世紀。」

「什麼？」朋友瞪大了眼，「你這不是開玩笑吧？」

「電腦和遺傳工程的出現不就是？」

我說完，朋友終於恍然大悟，站起來又叫又跳的，彷彿那些創世紀是他幹的。沒多久，他就來個回馬槍，逼問我誰是第六個創世紀的主人。

## 瀰來瀰去

我揚了揚手中的小說，向他暗示正是在下。
「那你準備讓你的小說殺多少人？」他問。
「五十七個。」我答。



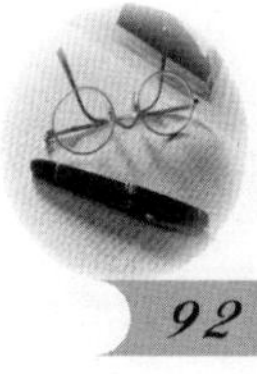

**＊替換**

為了準備一場文學性的演講，他連續失眠了三個晚上。今天在會場，他盡情演出，聽眾欣喜的表情全寫在臉上，他也暫時忘了疲憊。

結束後，邀請單位請吃飯，他虛脫得差點從椅子跌落，只求快快回到住處。午寐中，他還是無法入睡，直到恍惚間做了一個夢。

夢裏有一個半裸的女子躺在他懷裏，旁邊坐著另一個女子，她全裸，吃醋的轉向另一邊，偶爾使氣的轉過來猛拍一下他懷中女子的腹部，他都加以保護，不讓對方連著施虐。

他撫慰完女子的上半身後，把手伸進她的下體，她說了一句「敏感帶不在那裏」，接著他就任由她抓著手去碰觸她的敏感帶。摸索了一陣，覺得無比的舒暢，醒來先前的勞累竟然都消除了。

重回書房，他決定將已經完稿的長篇小說中一段情節刪除，換上今天做的綺夢，因為男主角長年受迷戀少艾不得所苦，他需要這種精神補償。

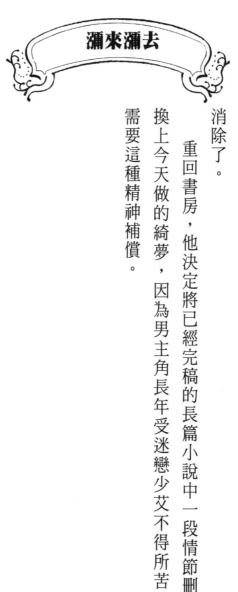

## 瀰來瀰去

### ＊沒有你我他

我捧著一本小說，忽然有位小說中的人物跑出來，他質疑我三個問題。第一個問題：

「到底是你在讀我，還是我在讀你？」

「當然是我在讀你。」我毫不猶豫的回答。

「你只對答了一半，」他說，「不！應該說你全弄錯了，其實是我在讀你。不信，你看我現在知道你心裏在想什麼：你在想我是怎麼在看你，會不會知道你的祕密，包括你是不是很淺薄！」

我點頭同意。他提出第二個問題：

「你認為是小說家在寫我，還是我在寫小說家？」

## 瀰來瀰去

由於有前次經驗，也為了不讓他看扁，我回答說：「是你在寫小說家。」

「你又錯了！」他又劈我一頓，「既不是小說家寫我，也不是我寫小說家，是我寫我自己。」

我越聽越迷糊，就催他趕快把第三個問題說了，好結束這場對談。這時他不疾不徐的吐出一句：

「你覺得現在只有我一個人在跟你說話嗎？」

這個問題搞得我丈二金剛，摸不著頭緒，只得笑笑的說：

「不只你一個人，難道還有鬼嗎？」

「唉！」他聽完後，撇撇嘴的嘆了口氣：「說你淺薄你都不信。這樣好了，我先問你：頑固是什麼意思？」

「頑固就是不開竅。」我答。

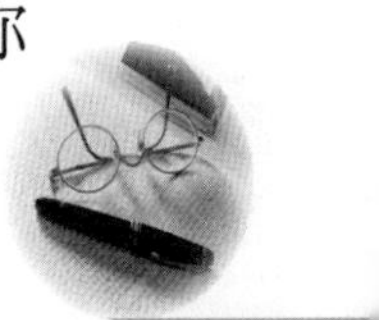

## 瀰來瀰去

「那不開竅又是什麼意思？」

「不開竅就是腦袋灌了水泥。」

「那腦袋灌了水泥又是什麼意思？」

我急了，反問他：

「你究竟在玩什麼把戲！」

「這不是把戲，」他說，「你看一個頑固就有好幾個、甚至無數個詞彙跟它相連，每一個詞彙都當它是一種聲音，那麼當其中一個聲音出現時，必然也會有好多聲音一起出現。」

他頓了頓，又興致高昂的接下去說：

「現在你聽我說話的情況也是一樣的，你不會只聽到我一個人的聲音，還有許多人的聲音同時存在。如果你不相信，闔上書本，閉目想想就會領悟了。」

經過這一番折騰，我已經疲憊不堪，放下書本後就睡著了。醒來，人變成了小說中另一個角色。

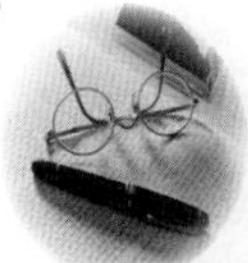

**＊散焦後**

正午，烈日炎炎，一個中年男子從街道的那頭緩緩走來。到了這頭，他停下等紅燈。突然有一張摺成四角形的藍色鈔票，隨風翻滾落在他的腳旁，他注視著，時間一分一秒地過去……

剛剛詞窮的作家，取出筆作了札記，然後興奮的大叫一聲：「好題材！」他繼續設想，那個角色如果是散文家，就要讓他這樣反應：「先撿起來再說吧！」如果是詩人，不妨讓他先估算意象的距離：「地上有一千元，撿它怕別人說我貪心，不撿它怕我自己會傷心。撿它吧！我不要別人嘴上的貪心換我身上的傷心。」如果是小說家，一定得讓他加料構設帶懸疑性的情節：「它是搶匪散落的吧（最好不要撿），還是電視臺故意

## 瀰來瀰去

放置考驗人是否貪心呢（別上當），或是難道是假鈔嗎（不然早就有人撿走了），也許是我自己掉的唄（撿起來時要趁沒人看）。」接下來的一條札記，將會是「要安置在那裏」。

當我寫到「要安置在那裏」時，已經雞啼破曉了，還不知道有那篇文章需要它。記得自己寫過一本《文學概論》，裏面有類似的例證，這算是一種抄襲嗎？唉，管它的，反正也沒有人會控告你；再說不這樣變換說詞，那有那麼多題材可想。

真的該去睡覺了，樓下那隻雞早已把太陽叫醒了還不甘心，看來只有進入夢鄉才聽不見牠那抽絲般的沙啞聲。

＊誰在寫作

小說家在咖啡廳苦思一段情節，究竟是要讓男主角自殺好？還是讓女主角自殺好？他一直舉棋不定。

「讓小說家自殺。」我建議他。

「什麼！」他跳出來質疑，「那結局誰來寫？」

為了安撫他，我取出一本《後設小說》的理論書給他看，並且幫他設想：

「你不妨在後面說，小說家自己決定自殺了，他要把結局帶去另一個世界，大家不必等了。」

他覺得有道理，決定躲回去繼續寫他的小說。

# 瀰來瀰去

## *抉擇

他寫完《全球化流氓經濟三部曲：仿冒、血汗和奴隸》後，發現在一旁觀看的上帝原來是共犯。他不知道情節要怎麼修改，因為有太多人都還在殷切的期待獲得救贖。

「撒旦，」有個聲音從虛空傳來，「祂才是背後的指使者。」

他取出筆記本，寫下「撒旦是上帝的同路人」。但仍然不放心，如果讓這兩個角色現身，其他人物的演出就會相對失色。

癱坐在沙發上的他，陷入了長考中。他不再擔心會被黑手黨追殺，只駭怕上帝和撒旦狠心來暗算。

最後小說出版了，結尾多了三筆附記：除了共犯和同路人那兩條，還有一條「籲天只會讓你的愚蠢升級」。

# 瀰來瀰去

## ＊糞青

「你標題寫錯了！」

我正在編撰的小說，幾個角色一起跟我抗議，他們要的是「憤青」，而我卻給他們頭上著糞！

「沒有什麼不同，」我說，「田裏的稻米莫名其妙的被共產去了，跟對社會不滿是一體兩面。」

「那也不至於叫糞，多難聽呵！」其中一個角色大聲反駁。

「就是嘛！」另一個角色躲在後面放冷箭，「你根本還沒搞清楚稻米在田裏就遭到共產是誰的責任。」

我看那兩個傢伙有點難惹，但為了維持作家的尊嚴，我使出殺手鐧要讓他們同時除名。

# 瀰來瀰去

「我連讀者都不理了！」我火大得只差沒罵粗話。

寫到這裏，氣已經堵到我的喉頭。就在要一路發洩下去的剎那，我停住了，想到也許跟他們協商一下，場面會好看一點。

「好吧，那你們說，你們對社會有什麼貢獻？」

這會兒換他們面面相覷了，我好整以暇的等他們給我答案。

最後被公推作回答的那個囁嚅的說：

「好像沒有咧！」

「所以說嘛，」輪到我大聲了，「想給你們安個榮銜，都找不到根據。」

## 瀰來瀰去

**＊等告知**

他在小說的開頭寫了一句：

「我即將要說一個你們從來沒有聽過的故事。」

半年後，他的小說要收尾了，又補上一句：

「故事另有三個結局，你們還想聽那一個？」

## *相遇

火車開動了，他預估到達目的地前，可以把帶去的一本書看完，所以決定小睡片刻，以便能集中精神捕捉隨車跳動的文字。

不久，他在一陣急促的喇叭聲中醒來，瞧見鄰座男子已經先他打開一本書，正在細讀兼作眉批。為了對方的認真樣，他索性停下閱讀，往後靠，側眼看看那會有什麼戲碼。

男子一會批注，一會沈吟，似乎很陶醉在自己掌控的世界裏。無意中，男子扭身輕闔了一下書本，一個熟悉的書影快速映入他的眼簾，讓他更感興趣接下來所會發生的事。

「略有見地。」男子在一段文字上面加了批語。他看了，

欣然頷首。

「大謬！」男子翻頁寫上批語後，又頓了頓腳。他被這一幕震撼到了，正要偷湊過去看個究竟時，對方又換頁在揣摩另一段文字。

「真是荒唐至極！」他發現男子越寫越得意，連歪扭的字跡好像都跟著快悅了起來。

他忍不住了，把對方的傲氣攔下來商量：

「你還沒看完全書，怎麼知道作者寫得不好？」

「你有意見？」男子反問他。

「那本書我看過了，沒有什麼荒謬不可示人的言論。」

「何以見得？」男子不屑的激他。

「因為我是那本書的作者。」他說。

## 瀰來瀰去

### *小說家

他苦思冥索，終於想出了寫小說的規律。

「如寫愛情故事，一定要安排三角關係，最後誰也沒得到誰。」他對自己說。

「又如寫冒險故事，先給主角嚐點甜頭，卻在關鍵時刻讓他死亡，而由配角代他完成遺志。」他又對自己說。

「再如寫老人與海的故事，結局騙走那條大魚的是小孩。」他再對自己說。

結果他遲遲沒有動筆寫作，因為他還在等編輯告訴他出版社喜歡的故事是什麼。

# 科幻濔

# 濔來濔去

***崩毀**

網路有一隻小白兔，大家拚命在獵捕牠。最後牠自己跑出來，倒在一個從來不使用電腦的男子懷裏。

***新救贖**

谷歌、臉書、推特及一羣崇拜者，帶著懺悔的機密向上帝輸誠，被天使阻擋在門外。

「為什麼不？」眾人問。

「這裏沒電。」天使回答。

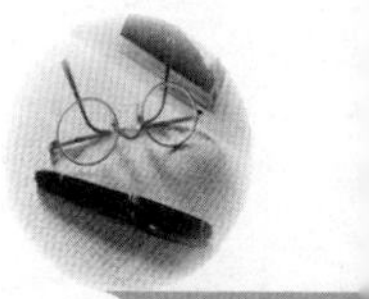

**＊地獄訪客**

撒旦坐在屋內閒悶，屋外來了一個人。

「跟你推銷產品。」來人說。

「什麼東西？」撒旦問。

來人打開手提袋，秀了一下裏頭的東西，詭異的笑笑說：

「《聖經》。」

「我早就看過了。」

「這是電子版。」

來人取出電腦，塞入一片，開啟給對方看。過了一會，有點得意的說：「如果你不喜歡裏面的情節，可以把它刪掉。」

撒旦露出了笑容。

## *後現代分身

他隱身進入銀行的保險庫，沒有觸動警鈴。出來後，遇到一場大火，揣在懷裏的鈔票被燒成灰燼。

經過一個星期，有位刑警在地板上採到一枚男子壓扁的唇印。

## *計時

南迴鐵路上，自強號列車急駛著，企圖衝破濃密的黑夜。

所有乘客正沈沈的睡去。最後一節車廂有三個男孩，他們玩膩了，相約跨車廂找廁所小便。返回座位時，他們小跑步穿越走道，一個、兩個、不見第三個。

「初適？」他的父母問。

「不知道。」兩個男孩一起回答。

眾人隨著他的父母逐節車廂尋找，沒有發現任何蹤影。

第三個男孩蒸發了。

# 瀰來瀰去

## *最新發現

虛空突然傳出一道扁扁的爆裂聲。

科學家正在運算數學方程式，他仰起頭問：

「你們是第五度空間的微生物吧？」

「不是，」對方回答，「那些微生物都被重力吸去地底了。」

科學家還以第六度空間的光和聲音及第七度空間的靈魂相詢，都遭到否定。最後他火大了，乾脆說：

「那准你們住在第十一度空間好了！」

沒有拍手喊好聲，只有科學家的腦門被輕輕彈了一下。

「我們就叫第十二度空間，」對方說，「還沒被你們發現。但切記，等你們算出來後，我們就消失了。」

# 瀰來瀰去

科學家一陣昏眩，轉瞬間桌上的數學方程式不翼而飛。

## *遺書

「趕快交代後事吧！」

一個聲音劈空傳來，他猶豫著。然後有架圓形飛行器倏地降臨，幾隻發出綠光的眼睛盯著他。

他開始寫道：我走後，免一切喪葬儀式，遺體迅速火化，就近海葬或花樹葬。我無男兒，不必廁列祖先神主牌位受祀。所需完事費用已備妥，代為處理的人毋須擔心。

默念一遍無誤後，他和衣躺下，靈體任由飛行器走下的兩人架走。他們為他更換一個新的肉體，加上一些配備。完畢後，飛行器升空，從新航向茫茫星際。

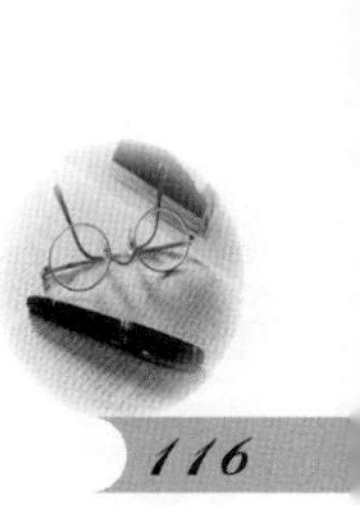

## *0和1的旅行

花了三十年時間，研究團隊終於造出一臺史上最強的壓縮機。它可以先行分離肉體，然後再將靈體壓縮成電子，投射到輸入端，進行急速的遊歷。

剛開始，他們用動物做實驗。在吸回靈體和肉體復合後，問牠們旅行世界的感覺。狗喵了一下，貓咩了一聲，羊突然猛吠叫。

「雖然有點錯亂，」領頭的研究員說，「但大體上還算成功。」

接著他們徵求志願者來嘗試，初期免費。

有幾個醉漢，自告奮勇向研究中心報到。大家瞧見他們的肉體在空匣裏昏睡，都說：「跟他們有靈體在的時候沒有兩樣。」

旅行結束，研究員問醉漢看到了什麼。

「光，」醉漢異口同聲的說，「很多很多光。」

「那就對了，」大家興奮的跳了起來，「光是上帝的化身，你們遇見了上帝！」

後來進入收費期，想嚐鮮的人還是絡繹不絕。就在一次最多人一起在世界各地流竄時，所有的終端機全部閃個不停，並且還會發出低吼聲。見狀的人，紛紛跑到戶外求救。

「還好這裏一切都正常。」有人驚魂未定的說。

「完了，」不敢返回室內的人感嘆著，「現在有一半世界非等上帝來拯救不可了！」

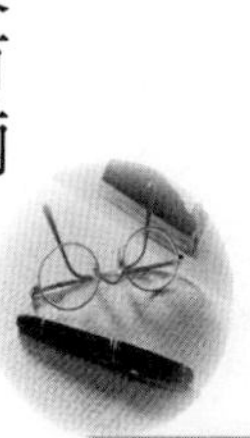

# 超現實彌

## *新物化

陰天，山谷蒙著一層薄霧。他選了塊平地，把懷著的劍抽出，努力在劈空氣。

「干將、莫邪出鞘！」他迅速收回劍後又咻地秀出。亮晃晃的劍身，突然變成兩把、三把、四把……他乾淨俐落的揮舞著它們，直到一羣蝴蝶被吸引了過來。

「我們昨夜夢到莊周，」帶頭的那隻蝴蝶說，「他告訴我們今天有個瘋子會來這裏練劍，要我們給他加油打氣。」

「你們夫子，」他邊劈劍邊問道，「兩千多年前我就見過他，別來無恙？」

「他跟你一樣，也瘋了。」另一隻蝴蝶說。

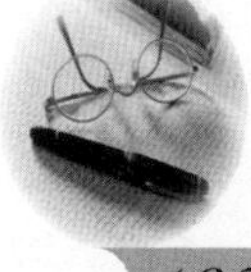

「哦，」他用劍尖把汗珠甩到岩壁上，「跟他說隨便找樣武器練，有益健康。」

蝴蝶看了一會，紛紛飛走了。留下他，身邊只有劍聲、吼聲和風聲陪伴。

不久，莊周現身了，他說：「我怎麼還在這裏練劍？」

# 瀰來瀰去

## *池塘風雲

「你把我們池塘的小魚都吃光了，還在找什麼？」

「不夠飽，來看看還有沒有蝦子或更大的魚。」

「就我們幾條了，你咬得動就咬吧！」

「不要，你們的肉太老，我啃不了。」

「這樣吧，如果你能猜對那邊牆上十道謎語，我們就生幾個給你當晚餐。」

（白鷺鷥從此一去不返，據說牠無法完全答對錦鯉出的謎語，羞愧得不敢回來。）

◆牆上的謎語

1.螢火蟲爸爸、媽媽帶著小螢火蟲出遊，為什麼只看到兩

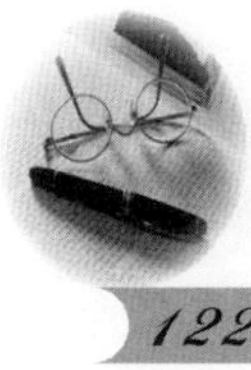

# 瀰來瀰去

個閃光？

2. 動物開同學會，誰去聯絡？
3. 水果開會，誰會先溜？
4. 綠豆從五樓摔下來，結果怎麼樣？
5. 世界那一種螺絲最大？
6. 為什麼公馬跑得比母馬快？
7. 爛蘋果、蛀牙、未婚懷孕的共同性是什麼？
8. 有一件事情，男的站著做，女的坐著做，小狗翹著一條腿做，到底是什麼？
9. 寺廟為什麼只建在北半球？
10. 全世界都喜歡聽的兩個字是什麼？

## *斗室中的戰爭

小主人上學後，狗就在房間晃蕩，這裏嗅嗅，那裏舔舔，不高興就把玩具踢得老遠。

一直趴在書櫃上的貓，眼睛老是瞇成一條縫；只有狗踢翻東西發出巨大聲響時，牠才圓睜喵了一聲，叫對方別吵！

這時狗氣不過，就會狂吠引貓下來單挑；貓不理牠，繼續用長短間雜的喵叫，反激牠有本事就爬上來較量看看。

牠們就這樣一來一往，從日出吵到日落，累了就據著自己的地盤睡覺。小主人回來後，看到牠們安靜的模樣，都會說一句：

「你們能和平相處，真好。」

# 瀰來瀰去

## *砂城過客

陽光從小玻璃窗斜照進斗室，他正在閱讀大藏經。

突然紙面升起一股青煙，把文字捲在裏面，然後一一的植入他的腦海。

不久，青煙消失，空白的書本倒栽在地上，他撿起剩下的餘光，出門去尋找一支枴杖。

## *醉

「乾杯！」一支酒瓶對著另一支酒瓶說。

主人來了，他堆了一疊書，扶起兩支微醉的酒瓶。

「不許動！」主人斜睨著酒瓶，「我要獨飲！」

最後，他倒了，身邊躺著一瓶十八年份的威士忌。

「繼續乾杯！」另一支酒瓶對著一支酒瓶說。

**＊征服**

男子來到黑森林，寫了一首詩，紙頁上的文字隨風飄浮起來。

最後一個活字，緊緊黏著領頭枯死的木麻黃。

# 瀰來瀰去

## *掛褡客

他整整趺坐了十五天。

四周早已全然冷寂且布滿灰塵，只剩窗前的陽光還在撓動一叢稀疏的樹影。

倏地，有個聲音傳來：

「誰在輪迴！」

他的色殼子應聲倒地，氤氳竄進來蒙著小禪堂的空間。

幾天後，他被參訪名山歸返的人抬去火化。熱焰中出現一個模糊的笑容，然後隨風消失。

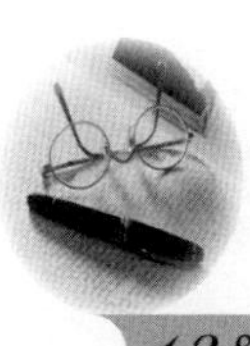

## 瀰來瀰去

### *成雙蛻化

朋友從澎湖帶給他一尊玄武岩雕像。

「送你，」朋友說，「紀念我們的友情。」

雕像正在打黑色的太極拳。他把它放在書櫃上，每天看它四五回。

最近雕像喜歡走下來教他一些招式。他學會了用轉頭偵測敵人的動向，最後把自己練成了一尊雕像。

朋友又來了，看著他。

「送你，」他說，「紀念我們的愛情。」

## *內爆

自從他搬來後，舊公寓驀地煥然一新，不但字畫文物琳瑯滿目，牆上書櫃也添了數千冊圖書，連門板上的坑洞都有機會昇華，因為他在那上面貼了一篇篇的作品。

一天，他聽到吃味許久的馬桶和洗手檯在對話：

「那些門板上有詩、散文和小說對白，你喜歡那一樣？」

「都不喜歡。」

「那你喜歡什麼？」

「照舊。」

「罩舅？罩舅會被舅媽罵。」

他想通了，廁所也要有自己的作品。選擇權就歸給馬桶和

## 瀾來瀾去

洗手檯，它們決定把上面的對話照錄，貼在進出廁所的人看得見的地方。

## *醒

一場雨，把池塘的水擠出一半，淹到他的腳踝。他撿起兩個泡沫，往嘴裏送，開始感覺有急流湧上來，髮梢多出綠油油的東西。

他看見自己變成一道瀑布，上頭有山，山頂有樹。而黏在庭院那兩條腿，逐漸被意念吃掉。

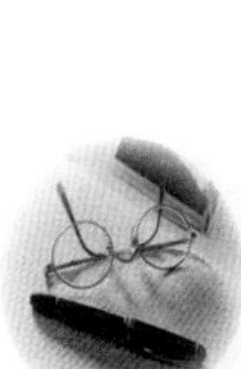

## 瀰來瀰去

### *那一天

午後，地面的雨水都流進去天上的烏雲裏。
我的腳醒來，倒著去湖邊散步，山向我迎來。
湖心有船在划人，揉綯的綠波吆喝槳一起前進。漣漪嚇到一隻水鴨，牠把恐懼潛入水中躲避。
一輛協力車騎著兩個老嫗，慢速經過我彎曲的視線。
「少年吔，有膽嘸？」嗓門黏著喉糖的那個說。
「衝啥！」我的肚臍失焦的應著。
一陣紅霧嘿嘿的把她們旋去。路在尋找我的眼睛，我的眼睛搞丟了一座湖。

# 瀰來瀰去

## *收驚

「我殺了一個人。」在派出所作筆錄的那個人說。

「你有正當職業嗎？」警員問，「愛不愛旅行？」

「我先幹掉他的眼神，那可兇狠呢！」那人又說。

最後警員要那人等到累了再說，他會把耐心留在椅子上。

門前那條街暗暗的，有個人影走過去。

## *西線無戰事

兩軍互相廝殺，經過了三天三夜，戰場逐漸移向東邊的沼澤區，這裏成了一片死寂。

在堆積如山的屍體中，有一張臉掙脫了出來。他想呼叫，卻沒有力氣；他也看不到自己癱瘓的軀體被埋在什麼東西底下。

幸好右手還能動，伸出去正好摸到一把刺刀。餓了，找最近的同伴切牠的肉來吃。又過了三天，他開始聞到嗆鼻的腐臭味。蚊蠅都圍過來跟他搶食物，一股反胃的厭噁逼迫他放棄跟牠們的纏鬥。

第五天，他朝自己身上劃了一刀。他先沾血來舔，然後切

## 瀰來瀰去

下一小片的肉往嘴巴送，接著又是一片……

戰爭結束後，有人來清理戰場，發現一個只剩半截身體的死屍，一把刺刀斜斜的插入沒有肉包覆的肋骨中。

# 寫實瀰

# 瀰來瀰去

## *不了情

兩個老人坐在堤岸吹海風。

「夕陽已經從我們背後下山了，」女的先開口說話，「為什麼綠島上空還有紅色的雲？」

「就像人老了會有意外的第二春。」男的漫應著。

女的倏地站起來，面露慍色。逕自離去前，丟下一句話：

「我就知道陪你來看海的人是另一個人！」

# 瀰來瀰去

## *泡沫的控訴

「你又喝酒啦！」警員嗔怪著眼前這位滿身酒氣的男子。

「沒有辦法，誰叫公車那麼慢才來。」被嗔怪的男子漫應著。

他來派出所領回被扣留的機車，並作筆錄。出發前，他先在雜貨店買三罐啤酒，然後一路喝到這裏。他的家人隨後趕來，氣沖沖的要警員把他關起來，越久越好。

「你知道已經被罰過幾次了嗎？」警員問。

「不知道，」男子低著頭回答，「只記得蹲過兩次監牢。」

那兩次坐監，是他們硬說他危及公共安全，他辯不過，只好把酒的記憶帶進去。出獄後，他的酒癮更強烈，警員看到他必定攔車檢查，而他也一定會收到罰單。

「我從來沒撞過人，」男子試圖辯解著，「你們這樣常扣我的車，是不是為了業績好一點？」

警員沒理會他，逕自拿出酒駕的紀錄給他看。他看得眼都花了，那一長排文字跳來跳去，很扎腦袋，索性丟回給警員。

隨家人出來領車前，他悠悠的道出一段心裏話：

「你們很沒有人情味，連公賣局都肯賣酒給我，而你們卻不准我喝酒！」

**＊讓你知道原因**

「別人都只曉得螞蟻的合羣勤奮，僅有梭羅一人看到了牠們的殘忍廝殺，可見這個世界沒和平……」

他的演講才到這裏，就冷不防有隻鞋子飛了過來，他迅即躲閃，沒被砸到。他繼續說道：

「感謝那隻鞋子的提醒，人間還會多一樣破壞和平的東西，那就是暗殺！」

## *冷戰

他們夫妻不好好講話，已經很多年了。偶爾親熱一點，都是在床上過的；那幾分鐘彼此突然有感覺，只是事後又一如往常。

這一天，他又勸她要注意清潔、小心用電安全。她聽不進去，幾乎是用吼的應著：「你趕快滾回去！」

他收拾行囊，默默走出家門，回到工作地。他決定從此不再打電話關心，也不再試圖重圓一個破碎的夢。

兩個星期後，電話鈴響了，他拿起話筒，是家裏來的電話。

**＊錢財你只能用一份**

失主和小偷法庭對質，法官問遭竊的過程。

「他連偷我家三次，」失主氣憤的說，「最後一次被我發現，把他扭送警察局。」

小偷在旁邊顯得一臉無辜，只略略的辯解：

「我只偷了一點錢和飾物，其他電器物品都不是我拿走的。」

聽到這裏，失主差點歇斯底里起來。他開始指責小偷沒人性：

「偷了還不敢承認，那些電器物品我已經買了第三次！」

「可是我沒偷那些東西，」小偷有點理直氣壯了，轉向法

# 瀰來瀰去

官說：「何況你們已經派人搜了我的住處，並沒有發現什麼。」

「那我那些東西是誰偷的？」失主反問對方。

「我怎麼知道。」小偷迅速的回答。

對質告一段落，法官問雙方是不是還有話說。

「你的錢財分成五份，」小偷逮住機會教訓起人來，「一份繳給政府，一份濟助親友，一份拿去看病，一份賞我們小偷，一份你自己用，所以我們並沒有多拿你什麼。」

「你這是什麼歪理！」失主還想發火。

「不是歪理，那是釋迦牟尼說的。」

# 灡來灡去

## *也是無間道

雷曼兄弟破產，她被倒了一百多萬。

「反正你也用不到那些錢。」朋友安慰她。

在一陣氣憤過後，她又開始找投資的管道，丈夫和小孩都別想碰她一毛錢。

「你混蛋！」最近她又在罵委託的理專，「居然平白的讓我損失幾十萬！」

她過去的薪水收入和現在的退休俸，都軋在買保險和其他投資上，生活卻過得極儉省。作丈夫的既要照顧大家庭，又得應付人際應酬，經常蠟燭兩頭燒，只能比她過得更儉省。

「你們兩條平行線看來不會有交集了，」另一個朋友對男

的說，「他的錢不是被騙光，就是留給你小孩。」

「他們已經表示不繼承媽媽半毛錢。」他辯白著。

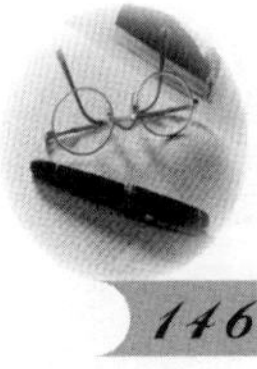

**＊別問我**

他例行性的到山坡上整理那一片菜園，出門前把跟朋友喝剩的半瓶威士忌帶著。到了菜園，他把來的目的擱在一邊，盡情的喝酒，還跟流雲舞了一段。

「沒有老婆管，真好。」他舞著得意的笑了起來。喝完酒，他把酒瓶遠遠地拋向山谷。這時天空也濛濛暗了，他騎上機車準備返家。

山下路旁有警察臨檢，他因為騎車歪著一邊兼蛇行，被作了酒測，最後收到一張超值的紅單。

回到家，老婆看他一臉頹喪，就逼問他是不是又被開罰單了。

「我只是含一口過酒癮，」他辯解著，「沒想到湊巧就被逮住了。」

「含一口？」老婆不信的問，「那剩下的酒？」

「被警察沒收了。」他回答。

## *走你的陽關道

午後，一個高中生來到他家，邀他去騎車。
「我還想活命！」他冷冷的回了一句。
那個高中生氣得把機車解體，丟在他家門口。

## *意外

男子泡了一杯咖啡，坐在陽臺欣賞眼前的湖光山色。

旁邊小茶几上有一盒巧克力，他打開吃了一塊。要取第二塊時，他發現裏面壓著一張小紙條。攤平來看，上面有一行字。

「當你吃完這盒巧克力的時候，不論我們是否還在一起，你都可以再買一盒巧克力送給你的另一個情人。」

日期是半年前，署名者是他自己。

## *世紀末景象

寒流來襲，一夥人躲進火鍋店，吃麻辣火鍋。

大家一邊辣嘴，一邊喊過癮，偶爾抬頭看看牆上電視新聞重複播報一名藝人猝逝的消息。

「可惜呀！」席間有人感嘆的說，「那個胖子再也吃不到美味的麻辣火鍋了。」

## *算命

幾個女人圍在一個業餘相命師身邊，請求開示。

「你有桃花運。」相命師對第一個女人說。

「你有偏財運和能旺夫。」相命師對第二個女人說。

「你四十歲以後會在職場嶄露頭角。」相命師對第三個女人說。

陪她們來的另一個女人，覺得不重聽，插嘴問了一句：

「怎麼只說好的？」

相命師看了她一眼，用堅定的語氣回她：

「我不幫倒楣的人算命！」

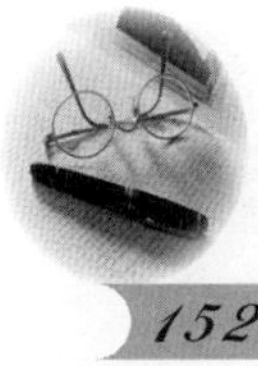

## *大家有份

他們在談胖妞被誤傳去揹一名壯漢醉倒在路邊的故事。

「你們是怎麼把他弄回住處的？」有人問。

「先抬上機車。」胖妞說，「大家一起找他的租屋，連拖帶推的好幾趟，只差沒把他五馬分屍！」

「結果還是沒找到。」胖妞再補充說。

「最後帶去那裏？」

「應該被傳去的那個人住處。」

原來電話是警察打的，他們在巡邏時發現他醉得不省人事，找到手機撥給了第一個人。然後同學互相通話催促，一共去了四個人。警察撇手不管，開著警車走了。

只有胖妞稍微能揹起他，但是無法持久；最後聽她的建議，帶去最可以扛得動他的男生那裏。

壯漢清醒後，始終不相信昨晚所發生的事。

「我不是睡在大牛房間嗎？」他說，「這證明是他把我帶回去的。」

# 瀰來瀰去

## *誰比較有用

老夫婦一起經營自助餐店。女的顧著收錢，男的沒事就在屋裏屋外走動。

趁沒有客人時，女的出去辦點事。她雙腳才離開，就有顧客上門。

一盤菜放在男的面前，他一直遲疑著要怎麼計算菜錢。

「菜不是你買的嗎？」客人有點不耐煩了，「你該不會忘了抓賬吧！」

「嗄，你頭家仔做假的，是麼！」一位熟客跟他開起了玩笑。

就在東一句埋怨西一句吐槽中，女的趕回來了，這時等著結算菜錢的隊伍已經排到巷口。

男的看看沒他的事，訕訕的走開了。

「菜是我買的，」女的邊收錢邊說，「他只當車伕；十道菜有八道菜是我炒的；過年還要給他年終獎金……」

## 濔來濔去

### *故事

她從年輕時嫁入許家，過的都是貧困的生活，三餐只有米飯和簡單的菜蔬。

除了扶養子女，她把工作賺的錢都存起來，不曾買過一件華麗的衣服或多餘的飾物。

四十幾年過去了，家境已經大為改善，但對於子女孝敬的大魚大肉，她依然只是淺嚐，所揀選的一如過往簡易的飯食。

她病逝那一天，家人整理她的遺物，看到存摺時大家都嚇了一跳，因為上面的存款有八位數字。

## *另類復仇

老先生帶著兩名讀國小的孫子，在籃球場佔了一個球架。他先叫小夥子輪流繞場運球，然後一起鬥牛。

他一人對兩人，隨便投籃，球都應聲進網；即使失手，也能很快搶到球再投進。矮他一截的兩個小夥子，東奔西跑，早已氣喘吁吁，最後在一次搶不到球中不支蹲了下來。

「起來，再戰。」老先生中氣十足的吼著。

「爺爺饒命！」小夥子一逕的搖手，「我們跑不動了。」

老先生自己又跳投了幾次後，走過去抓起兩個小孫子，命令他們要贏球後才可以回家。

「就像當年我爺爺對我一樣。」老先生補充了一句。

兩個小夥子拖著疲憊的身子回到場中，較大的那個問：

「他有讓你幾球嗎？」

「沒有，」老先生回答，「完全沒有！」

# 瀰來瀰去

## *喬遷

距離他們上一次行房，足足半年了。

做太太的開始茹素，腥羶一概拒絕；做丈夫的在別房睡覺，夜夜空嘆。

這一天，做太太的來到丈夫的床邊，解開睡衣，對丈夫說：

「看看就好。」

做丈夫的把她按在床上，急切的卯上去：

「你可不可以不要管底下吃葷！」

做太太的掙扎爬起來，嚴肅的說：

「還分上下，你這樣會讓我承受多一倍的業障。」

受到這番話的刺激，做丈夫的像洩了氣的皮球，癱軟在床

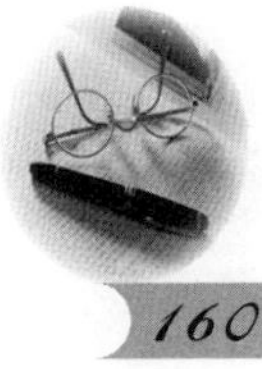

沿，連哼一聲都懶了。

「如果你看夠了，我就要回房去了。」做太太的冷冷的拋下一句話。

做丈夫的沒有回應，他心裏想著這無名有實的和尚還要當多久。

整夜失眠，一直到天亮。他決定下學期關掉「文學與愛情」這門課，從此不再碰觸會刺痛的欲望。

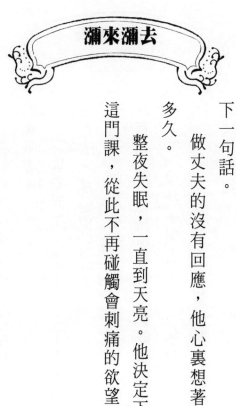

## *不是代溝

放假日，一羣小孩在大廈中庭玩耍嬉鬧，還間歇發出尖銳的嘶吼聲。

一位老先生，受不了，下樓，把玩得正酣的那個小男生叫了過去，那是他的孫子。

他先數落小男生像一隻瘋狗，繼而臭罵小男生全身髒兮兮的有如乞丐，最後覺得詞窮乾脆把古人的話抬了出來：

「『少壯不努力，老大徒傷悲』，知道麼！」

這時，站在遠處一個長得比較高大的男生，嘻著臉皮朝這邊喊了一句：

「伯伯，你在說你自己嗎？」

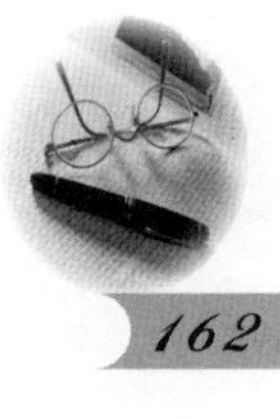

說完，一溜煙就跑了。老先生原來抱在胸前的雙手，馬上鬆開掄起斗大的全頭，氣得連頭髮都震顫了起來。

## *給你看理由

一位客人在跟老闆娘聊飲食店裏的印尼籍外傭。

「她還蠻勤快的嘛！」客人說。

「是啊！」老闆娘應著，「這已經是她第二度來這裏了。」

「第二度？」客人有點驚訝，「一般她們來工作一次，就可以回去過幾年好日子，她為什麼還來？」

忙進忙出的外傭，知道他們在談她，偶爾會轉頭捕捉一點當中比較慢速的話題。

「難道她真的很缺錢？」客人繼續追問。

「不是，」老闆娘回答，「她有兩個小孩在讀國高中，老公也有一份穩定的工作，而且家裏在開雜貨店……」

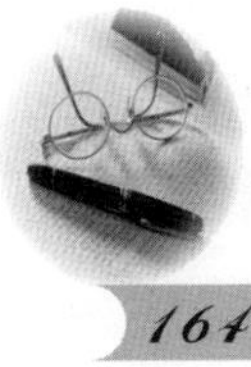

# 瀰來瀰去

「生活挺不錯的嘛！」客人又插嘴，「該不會是為了逃避家庭暴力？」

「也不是，」老闆娘看了外傭一眼後說，「這不知道算不算是她的秘密。」

「她都已經告訴你了，還算什麼秘密！」

「好吧，告訴你也無妨，她在跟朋友打賭，誰來臺灣被同一個雇主合計僱用最久。」

外傭正好從他們的旁邊走過，給了客人一個慧黠的眼神。

## *跨邊界

幾個朋友來我的住處，交換即將退休的心情。

「沒教書，會很無聊。」老吳率先發言。

沒人附和。但見老陳嘴角微微上揚，好像要反駁什麼。

「退休不就是不要教書，還無聊！」老王終於搶著說了。

我的目光仍然停在老陳身上，看他會有什麼高論。

「你們都不像我是被迫退休，」老陳徐徐的道出心裏話，「我很納悶，國家竟然讓一個不知道成就在那裏的人教了四十年書！」

登時，一片默然。

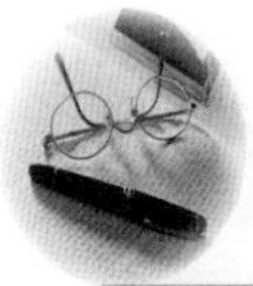

## *狗仗人勢

兩位小姐各牽著一隻狗，在捷運站外迎面相遇。狗看到狗，分外眼紅，彼此掙扎著要咬對方。兩位小姐被她們的狗拖了好幾步，用力拉仍然止不住狗激動的吠叫。

就在差點槓上的時候，大狗被牠的主人順勢帶走了。小狗還不死心，一直吠到對方走遠了才停下來。

牠的主人彎著身訓斥牠說：

「你有沒有搞清楚，人家比你大兩倍欸！」

**＊答案**

她每餐都禱告，連朋友請客也不例外，而不在意是誰去埋單。

一天，又有個飯局，她和家人都受邀出席。做丈夫的入境隨俗沒禱告，小孩看到美食早就渾然忘了教會的規定，只有她動作不變。

「我注意到你這次禱告特別久，什麼緣故？」有位熟人乘機發問。

「除了謝飯，」她說，「我還請求主告訴我，為什麼有人吃飯不必禱告？」

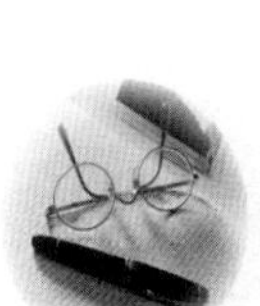

## *緣非緣

每天傍晚，我都會到海濱步道閒逛，經常有一對老夫妻迎面而來，男的邊走邊享受隨身聽，女的微露笑容，但都沒有說話。

今年，女的缺席了，男的自己來散步，身上的裝扮依舊，但臉上明顯多了幾分愁苦。

我不敢看他。抬頭驀地發現，我始終背著夕陽，而他一直迎向薄暮殘暉。

## 瀰來瀰去

### *緘默

自從耳朵僅能捕捉一點流竄的聲音後，她臉上的笑容就不見了。

她的老伴，逢人逕說她得了老年痴呆症；她的子女回來，也常用高音量試探她的靈敏度。從他們一樣憐憫的眼神裏，她讀到了自己的憤怒。

「我不多講幾遍，你們怎麼聽得見！」她就在一次子女嫌她囉嗦後發話了。

只是沒有人把她的話當一回事。望望周圍變調的氣氛，她終於收起了哀怨的心情，從此絕口不再吐出一言半語。

## 瀰來瀰去

### *雜誌閱讀狂

她從書架取出一本雜誌，在餐桌上翻閱。服務生送來餐點，她和兩個小孩各自吃著。

小孩先吃完，在桌下玩起猜拳捉弄遊戲。忽然，叮噹一聲，有碗盤跌碎了，服務生站在旁邊。

「我賠。」她頭也不抬的說。

「不是的，」服務生怯怯的解釋，「是我摔破盤子，割傷了你兒子的腳。」

「哦，帶他去隔壁陳外科縫一縫就好了。」她仍專注的看著雜誌，隨口吩咐道：「姊姊陪著去。」

男孩裹著紗布回來了，她的雜誌也看完了。埋完單，走出

## 瀰來瀰去

餐廳前，她面帶笑容的對服務生說：「你們的雜誌真好吃！」

這時全餐廳的人，都放下碗筷看著她。

寫實瀰

**＊秒差**

交通警察攔下一臺雙乘機車。

女騎士沒駕照，未戴安全帽，加上闖紅燈；後座坐著她老公，他帶了一頂工地帽。

「我太太要我讓她練習騎車。」做丈夫的在求情。

對方沒理會，繼續寫他的紅單。

最後紅單遞過來了，上面只列了一項最輕的罰則。

「我看到你餵你太太吃檳榔，」交通警察對男的說，「你的愛讓她分心，可以從寬處理。」

## 瀰來瀰去

### *蝴蝶谷

一個年輕人獨自揹著竹簍上山，撿拾瓶瓶罐罐，這已經是第五天了。山下村莊有位老人，注意到周遭環境的變化，開始尾隨去看個究竟。

當年輕人撿完一區垃圾要離去時，老人趨前問：「你是公所派來清潔的嗎？」

「不是，」年輕人回答，「是我自願來的。」

「這半山谷的垃圾差不多有三、四年沒人理睬，」老人好奇的看著對方，「你突然出現，一定有緣故。」

年輕人側過身，指著還依稀可見被踩出的一條條步道痕跡說：「這裏原有幾千隻蝴蝶，被一名攝影師發現，在電視製作

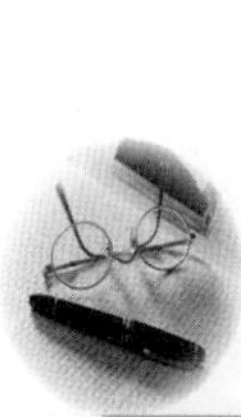

了一個專輯，接著就有二、三萬人趕來看，把山谷全糟蹋了。

隔年春天，蝴蝶就不來了。」

「我記得那時有人跑來要求我們設路障，苦勸那些遊客別再上山，但還是阻擋不了。」老人也想起了什麼。

「那位攝影師就因為這樣，一氣中風死了。」年輕人神色黯然的嘆了口氣。

結束對話，年輕人轉身要走，老人仍盯著他看：

「那你的用意是……」

「看蝴蝶會不會再回來。」

這時剛綻放紫色花蕊的枝頭，彷彿有幾隻小粉蝶在飛舞，老人瞧了瞧，跟在後面追問一句：

「你認識那位攝影師？」

「認識，」年輕人說，「他是我父親。」

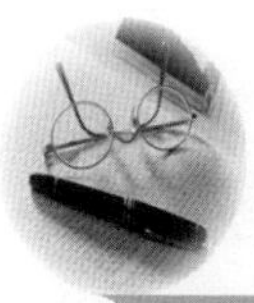

**＊觀點問題**

「我快瘋掉了！」

她帶著哀告無門的表情，對朋友細數班上那個男生的罪狀：數學一竅不通，語文停留在幼稚園階段，人際關係糟到極點，做事又拖拖拉拉。

「所以你每天都在強迫他改善？」朋友反問道。

「差不多。」她的眼神閃過一絲悽惘。

「我看不是他把你逼瘋，」朋友下了結論，「而是你在逼瘋他！」

# 瀰來瀰去

## *失葷

兩名皮膚黝黑的中年男子，徵詢一個高中生的同意，跟他同桌用餐，因為飲食店的其他位子都坐滿了。

「你才叫五個水餃噢，太少了。」其中較胖的男子一坐下來就張嘴說話。

「我還點一碗榨菜肉絲麵。」高中生怯怯的回應。

「不夠！」胖男子又訓道：「年輕人一餐起碼也要吃三碗麵。」

高中生臉頰紅了起來，不知道怎麼搭腔。對方又問：

「你以後想當老師嗎？」

高中生搖了搖頭。

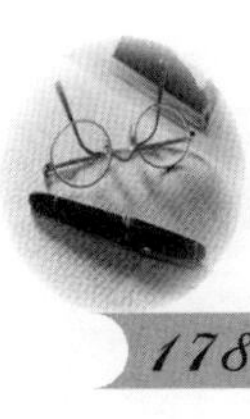

「怎麼不想？當老師很好呀！」

「沒興趣。」

較瘦的男子停下咀嚼，仰起臉問道：

「那你準備考什麼科系？」

「哲學系。」

「哦，那千萬別念成神經病！」

兩人就這樣你一言我一語，讓高中生尷尬的扒完那碗麵。

臨走前，他突然提高音量對兩人說：

「你們又不是我爸爸，管我那麼多！」

# 瀰來瀰去

## *新號外

他退伍後，回到分發學校任教。學校給他一班小二生，第一天他就吃足了苦頭。

有的學生聽到好玩的事，當場手舞足蹈起來；有的學生抓起別人桌上的東西，隨便丟擲；有的學生乘機走過去修理上一節課冒犯他的人。

他看著，突然悲哀了起來，這就是今後要過的教書生涯嗎？

「不許亂動！」他狠狠的大吼一聲。

教室突地一片安靜，所有的眼睛都集中到他的身上來。約莫過了五分鐘，他接下去的訓話逐漸變成一則一則的故事。說到開心處，全班又沸騰失控了。

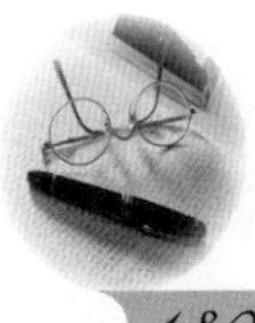

他下定決心，以後維持秩序時要扳著臉孔，不能再讓那些小蘿蔔頭把他當成紙老虎。就在一次他足足訓了二十分鐘話後，眼看效果達到了，內心正在得意。不料，才剛下課，就有一個女生走過來，含情脈脈的對他說：

「老師，你剛才生氣的樣子好好看哦！」

**＊變速**

一隻黑毛狗，不滿意一輛銀色轎車，狂吠著緊追了二百公尺。

突然車窗搖下，拋出一塊肉，牠立刻忘了吠車。

## 瀰來瀰去

**＊如夢令**

我牽著腳踏車，行經海濱步道，遠遠瞧見一名中年男子邊碎步邊自行答數。

「1、2、3、4……」那聲音在風中軟軟的，少了一股英氣。

他朝我的方向走過來。在錯身中，我看清了他的臉，他正是我在憲兵隊服役時弟兄帶回來的逃兵，當時他已經逃了十五次。

寫實瀰

## *歇業前夕

小鎮僅存的一家診所，貼出了即將歇業的告示。

老醫師依然從容的招呼病人近前來受診，只是臉上多出一絲落寞。

「你是最後一位來看診的，」老醫師對坐在眼前的中年人說，「以後要保重，別生病，不然就得跑老遠去看病。」

中年人一邊擤著流淌的鼻涕，一邊不捨的問：

「你身子還硬朗，為什麼急著退休？」

「鎮上五十個老人，」老醫師回答，「今年過年前後走了四十九個，以前他們常常來看病，現在不需要我了。」

「可是還有一些中年人呀，他們也可能會生病。」

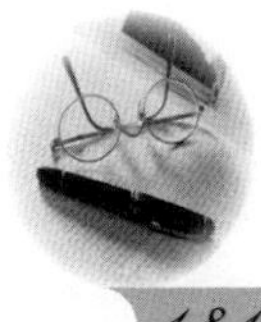

# 瀰來瀰去

「他們有車，可以去大醫院求診。」

老醫師開好了藥方，交給護士去配藥。這時中年人猛咳了幾聲，把脖子都脹紅了。離開座位前，他關心的問：

「你退休後有什麼打算？」

「也許會到世界各地去遊歷，」老醫師悠悠的說，「我來這裏已經六十年了，還沒有出過國門。」

中年人似乎還想知道什麼，但護士早已包好藥等他取走。臨去前，他再問道：

「聽你說，鎮上還有一個老人，他是誰？」

「我。」老醫師緩緩的答著。

## 瀰來瀰去

**＊問蒼天**

聽朋友建議，他騎著單車跑了幾個地方，終於找到一家鄰近海邊的安養中心。他向裏面的社工表明來意：

「家裏有老人家需要養護，想了解你們這邊的受託情況。」

對方給他一些資料，又問了兩個問題，然後就帶他參觀內部的設備。

每個房間不到六坪大，挨擠著四張單人床；其他可活動的空間，有會客室、閱讀室、復健器材房等，都嫌小。

他跟在社工後面，行經的地方燈光都不太明亮，隱約還可以聞到一股濃瘡味，感覺好像進入某些外科病房。

最後來到了食堂，所有能坐輪椅的老人都聚集在那裏。他

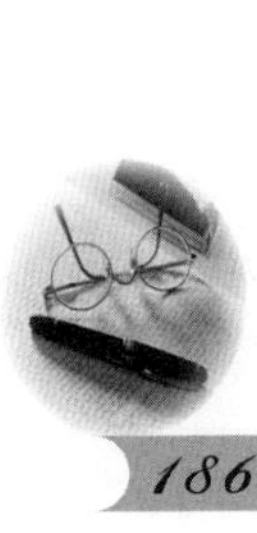

們已經把加裝的小餐桌擺平，應該是在等待吃晚飯，沒有人說話。

他才一靠近，就驚起老人們抬頭痴望，無力的眼神嵌在一式被剪光毛髮的臉上。他的心揪了一下，蓄積的哀感突然急湧上來。

謝過志工後，他就迅速離開。回到大馬路上，風迎面吹來，他用力踩著單車，兩行淚汩汩而出。他失聲的大喊：

「天啊！我要把老爸送來這裏嗎？」

## ＊那條路上

大學學測閱卷，他看著作文題目〈人生〉和一篇只有作答一句的卷子，久久無法給分。

「我的人生在國中就失去了。」

那一句就像千斤重錘壓在他心頭，才挪走很快又回來。他想拂開那個陰影，給它打個零分，以懲罰作者的不爭氣；但最後卻不自覺的給了滿分，因為他忍受不了背後有個聲音在嘲笑他。

閱卷結束，疲累的回到家。電話鈴響，警察告訴他，讀大二的兒子在澄清湖自殺，有封遺書，上面寫著：

「我已經活夠了。」

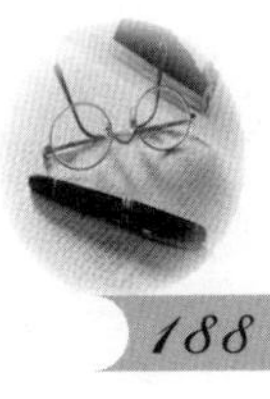

## 瀰來瀰去

### *歸鄉路

百貨公司門口，一個男子帶著猶豫的神情，徘徊了好一陣子。他身上過度寒傖的穿著，總是引起過路人的側目。

突然間，他兩眼雪亮的盯著從裏面走出來的一個中年人。那個中年人手中提著大包小包，臉上不勝得意。

「嗨，還記得我麼！」他搶先開口，「十年前我們在同一個教會……」

「噢，我想起來了。」對方很快就喚起了記憶，「那時候你還常幫我解釋經文。」

他們就在落地窗外面攀談了起來。中年人問道：

「你還去教會嗎？」

「去啊，」他反問，「你換教會了是吧？」

「不，我不信教了。」中年人肯定的說。

男子還想說什麼，但滿臉黯淡的神色好像給對方看穿了般，他斂起微微的笑容，尷尬的說：

「我剛才想進去看看有沒有標價比較便宜的衣服……」

中年人順手抓起一袋衣服遞給他，沒說第二句話逕自走了。

他望著對方漸行漸遠的背影，一時間忘了回家的路在那個方向。

## *彩券與發票

每逢單月二十六，他總是抱著一疊發票，望著報紙頭仔細的對獎，卻從不購買一張彩券。朋友見狀，都會奚落他：

「還不是都想發財！」

「不一樣，」他辯解著，「發票中獎是支取有能力購物的合夥人所付的稅金；彩券中獎則純是掠奪窮人的血汗錢！」

此外，他對於彩券為變相的政府做莊找百姓聚賭，也頗不諒解。他認為那只會鼓勵大家貪婪和學習投機取巧，沒有什麼正面的意義。相對的，發票獎金是自然合理的取得，如果它不存在了，也不會有人挖空心思想要去爭取。

「所以你每一期都在期待中獎囉！」

「但願可以用來補貼家用，卻不敢奢望。」

「你的想法有意思，但很不切實際。」

「對於錢，我要取之有道。」

就這樣他始終沒有被誘惑去關注彩券的買賣；有朋友中獎了來炫耀，他也只是微笑以對，沒有給予祝賀，因為他知道他們會付出更多的金錢。

「倘若我發票中了大獎，怎麼辦？」最近他把心中的煩惱說給朋友聽。

「分給沒中過獎的親友去買彩券，」朋友告訴他，「反正你也不怎麼用得到！」

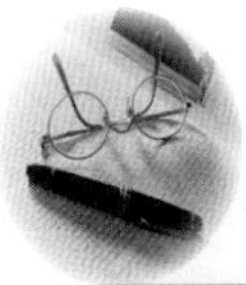

## 瀰來瀰去

### *過河卒子

檢調單位展開第一波偵查行動時，他是最先被約談的人。消息很快的傳開來，課堂上學生同樣不夠專注的眼神，卻逐漸地帶著一絲怒意和疑惑。他無法辯解。

「你那些錢用到那裏去了？」

「用在學生身上。」他回答。

「這不算是公用。」檢察官沒有讓他解釋。

他想說的是，為了慰勞學生，請他們吃飯、給他們零用錢、他們結婚包大一點的禮金，林林總總的開銷都來自那些款項，但他無從拿出證據，因為他不可能教學生作證說那是虛報的研究費支出的。

# 瀰來瀰去

現在只剩他為何要跟別人一樣拿假發票報賬一項罪名等著釐清。檢察官的逼問，都像揪賊認罪，迫使他難以坦然面對：說是財迷心竅，他不甘心；說是藉機造福學生，他也不便邀功，最後他只好緘默以對。

最近一次備課時，他翻著講綱，發現上面還留有兩個倫理信條：一個是《老子》書上的話「不見可欲，而使民心亂」；一個是禪宗喜歡說的「見了可欲，而心不亂」。

他拿出紅筆，把它們槓了去。

他知道在現實中，不論那一種情況都會有例外。

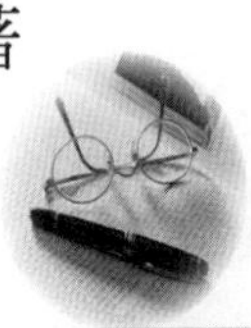

## *孺子我教你

海濱公園有兩座籃球場相毗鄰，每到傍晚時分，都會聚集許多人。

有籃框的那一邊，年輕人佔住，鬥牛廝殺，喊聲震天。沒有籃框的這一邊，讓給老年人，他們把騎來的機車、電動車停在一旁，然後排排坐於木椅上吹海風。

這一天，多了一個小男孩。他獨自搥打了一陣塑膠球後，氣喘喘的跑到一個老人面前。

「爺爺，」他問道，「我什麼時候才能長到你這麼大？」

「你必須努力活過他們的年紀，」做爺爺的指完在球場奔跑的人，又指向一個適時出來散步的中年人說：「也必須活過那個人的年紀，然後才能活到我這種年紀。」

小男孩似懂非懂的跑去追一隻蜻蜓，而忘了他的爺爺可能還有話說。

「他還小，你跟他說那些做什麼！」座位旁另一個老人在怪罪。

「不說那些，難道要跟他說你可以跳著長大嗎？」被怪罪的老人也生氣了。

沉默過後，老人們又疏散回家去了。

小男孩坐上他爺爺機車後座，夕陽正要下山，最後一抹光輝遠遠地照透祖孫兩人的背影。

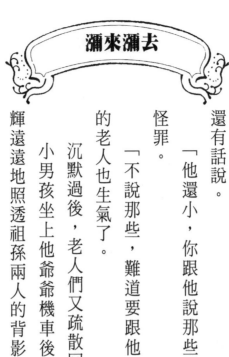

# 瀰來瀰去

## *秘密

上課鐘聲已經響過了，特教班新來的代課老師，還在辦公室忙著處理一件投訴案。

校長出來巡堂，經過該班教室，看到裏頭亂鬨鬨，立刻走進去，對學生比了一個噤聲手勢，沒有人理他。

他換了一個手指拉出去再彈回來的姿態，這時終於有人注意到了。眼睛單吊帶頭的那位男生，示意大家靜下來。

然後十幾張怪異的臉，痴痴的目送校長離開。

代課老師抱著一疊資料進來了。他望著眼前異常安靜的場面，正想詢問是怎麼一回事，早已有人等著要說話了。

後排一位兩眼有點昏矇的男生，搶著站起來說：

# 瀰來瀰去

「老師，告訴你一個秘密，我們校長是白痴！」

## *我要吃好料的

巷弄盡頭那家小麵店，午後兩點來了一位男子。他臉色有些蒼白，揹了一個老舊的背包，身後站著兩名小女兒。

麵店老闆招呼他們坐下後，做爸爸的問大女兒要吃什麼。

「隨便。」大女兒回答。

再問小女兒。小女兒大聲的說：

「我要吃好料的。」

男子叫了兩碗陽春麵，並跟老闆多要一個碗。

麵上桌後，他讓給女兒吃，自己只舀了一點湯喝。

「爸爸，你不吃嗎？」大女兒問。

「我不餓。」做爸爸的說。

## 瀰來瀰去

吃完麵，男子付了賬，牽起兩個女兒的手，繼續趕路。麵店老闆愣愣地望著他們的背影離去，頂上還有烈陽在燒烤。

## *理在那一邊

假發票風暴襲捲全臺，一些還沒被查到的人，此刻都提心吊膽，連公開的學術活動也極少參加了。

只有從來不申請研究計畫的人，相聚才會談一談那並非美善的歷史共業。

這時大家多半會借題發揮，把最具指標性的聖人抬出來。

「魏晉時代那個亂世，文人清談只關心一個聖人是否無情的問題。」

說話那個人開了話匣子，其他人就順著議論了起來。

「聖人無情，聖人有情，聖人有情而不累於情，還好清談人士把三種情況都說了。」接話題的人先作了補充，「只是很遺憾的，當代新儒家在接續類似的課題而改問聖人是否保證明天時，就不再想及第三種情況。」

「你是說，除了聖人能保證明天還是聖人和聖人不能保證明天還是聖人以外，當代新儒家就沒有能力再考慮其他情況？」提問的人話鋒很尖銳。

「他們只從外來科技瞬息萬變而設想聖人可能也會把持不住被誘惑，」原先接話題的人逐漸激動了起來，「其實聖人也是可以努力去保證明天還是個聖人，就像我們。」

「我們？」

「不是麼！因為我們都不揩公家的錢。」

**＊晚年**

他活著時，號稱通天教主，來求見的人絡繹不絕，門庭若市。

一天，有個老頭路過他的大學堂，被安排五分鐘的會面時間。剛一落坐，老頭就問：

「沒有病的人不會拜你為師，你自己？」

他先是一愣，在察覺對方並非開玩笑後，也轉為釋然。

「我也有，」他答道，「這樣我才曉得怎麼幫他們調理生理苦痛或心理創傷！」

老頭得了答案，滿意的起身離去。一年後，他病篤坐化。

在一番荼毗儀式後開爐，發現他的頭蓋骨完好，舌頭尚在，其他舍利子散了一地。

這時老頭再度出現，仔細瞧了瞧幾眼後走開，並對虛空喃喃的說道：

「難啊，這個人的一生！」

## *路權外一章

客運車駛入小鎮，上來一名乘客，他只給半票錢，司機要查驗他的身分證。

「我已經八十幾歲了，還要看身分證？」對方不解的問。

「不像，」司機仍然不放過，「我看是五十多歲！」

「好，憑你這句話，我甘願放棄享受優待票。」對方笑開懷的補了車資。

不久，又上來一名乘客，滿頭白髮。不等他掏錢，司機就開口說：

「你滿六十五歲了吧，半票。」

「什麼，我才四十出頭，你卻說我老了！」

寫實瀰

## 瀰來瀰去

司機尷尬的收下他全票錢，還額外受了他一頓怒氣。

最後是一個侏儒，他艱難的攀門上車後，大聲的喊著：

「半票！」

「不對，」司機沒准他，「你是成人，要全票。」

侏儒後退一步，貼近劃紅線的位置，說：

「你看，我還不到全票高。」

司機無奈的開給一張半票，然後一邊往前駛一邊搥著方向盤，高分貝的自言自語：

「見鬼了，我今天是怎麼啦！」

「只有人沒鬼，」後面傳來回應聲，「你儘管閉嘴收錢給票就行了。」

## 瀰來瀰去

### *招牌效應

「春光嗎？」

「我叫林春光。」

「我是說春光中醫診所嗎？」

「這裏只有林春光中醫診所。」

「只差一字，為什麼那樣計較？」

「可能被誤會，所以要計較。」

「那我跟春光中醫診所預約。」

「抱歉！春光中醫診所不會接受預約。」

他掛斷電話，氣到把手上一支筆猛甩在地，從此不再接聽病人的詢問。

## *給你二十秒

電車內，站立和坐著的乘客一樣多。車子行進中，一羣年輕人嘻鬧得很開心。

他隔著兩個身影，瞥見一張朗笑俊俏的臉，忍不住多看了幾眼。

那張臉猛轉過來，跟他的眼神相遇。連著兩次後，她湊向身旁一名壯碩男生的耳根嘰喳了幾句。

「你這樣盯著人看是什麼意思！」男生走近抓住他的領子質問著。

「她很美，不是嗎？」他不慌不忙的說。

「美，也不能巴著不放！」男生順勢把他的領子提了一下。

他從深口袋掏出一把槍，頂著對方的腹部，男生立即鬆手，周圍的人都看呆了。

「你用眼神讚美過一個人嗎？」現在輪到他發問。

「我……我會試試看。」男生抖著嘴唇回話。

這時車子靠站了，他不想再跟他們同乘，逕自下車去。等車子走遠了，他將那把假槍丟入月臺的垃圾筒，等下一班車到來。

# 附錄：作者著作一覽表

周慶華／著

★附錄

## 一、論著

1《詩話摘句批評研究》，臺北：文史哲，1993。

2《秩序的探索——當代文學論述的省察》，臺北：東大，1994。

3《文學圖繪》，臺北：東大，1996。

4《臺灣當代文學理論》，臺北：揚智，1996。

5《佛學新視野》，臺北：東大，1997。

6《臺灣文學與「臺灣文學」》，臺北：生智，1997。

# 附錄：作者著作一覽表

7《語言文化學》，臺北：生智，1997。
8《兒童文學新論》，臺北：生智，1998。
9《新時代的宗教》，臺北：揚智，1999。
10《佛教與文學的系譜》，臺北：里仁，1999。
11《思維與寫作》，臺北：五南，1999。
12《中國符號學》，臺北：揚智，2000。
13《文苑馳走》，臺北：文史哲，2000。
14《作文指導》，臺北：五南，2001。
15《後宗教學》，臺北：五南，2001。
16《故事學》，臺北：五南，2002。
17《死亡學》，臺北：五南，2002。
18《閱讀社會學》，臺北：揚智，2003。

周慶華／著

## 附錄：作者著作一覽表

19《文學理論》，臺北：五南，2004。
20《語文研究法》，臺北：洪葉，2004。
21《創造性寫作教學》，臺北：萬卷樓，2004。
22《後佛學》，臺北：里仁，2004。
23《後臺灣文學》，臺北：秀威，2004。
24《身體權力學》，臺北：弘智，2005。
25《靈異學》，臺北：洪葉，2006。
26《語用符號學》，臺北：唐山，2006。
27《紅樓搖夢》，臺北：里仁，2007。
28《語文教學方法》，臺北：里仁，2007。
29《走訪哲學後花園》，臺北：三民，2007。
30《佛教的文化事業——佛光山個案探討》，臺北：秀

周慶華／著

## 附錄：作者著作一覽表

威，２００７。

31《轉傳統為開新——另眼看待漢文化》，臺北：秀威，２００８。

32《從通識教育到語文教育》，臺北：秀威，２００８。

33《文學詮釋學》，臺北：里仁，２００９。

34《反全球化的新語境》，臺北：秀威，２０１０。

35《文學概論》，新北：揚智，２０１１。

36《語文符號學》，上海：東方，２０１１。

37《生態災難與靈療》，臺北：五南，２０１１。

38《華語文教學方法論》，臺北：新學林，２０１１。

39《文化治療》，臺北：五南，２０１２。

周慶華／著

40《華語文文化教學》，新北：揚智，2012。
41《文學經理學》，臺北：五南，2016。
42《文學動起來——一個應時文創的新藍圖》，臺北：秀威，2017。
43《解脫的智慧》，臺北：華志，2017。
44《走出新詩銅像國》，臺北：華志，2019。

## 二、詩集

1《蕪情》，臺北：詩之華，1998。
2《七行詩》，臺北：文史哲，2001。

# 附錄：作者著作一覽表

3《未來世界》，臺北：文史哲，2002。
4《我沒有話要說——給成人看的童詩》，臺北：秀威，2007。
5《又有詩》，臺北：秀威，2007。
6《又見東北季風》，臺北：秀威，2007。
7《剪出一段旅程》，臺北：秀威，2008。
8《新福爾摩沙組詩》，臺北：秀威，2009。
9《銀色小調》，臺北：秀威，2010。
10《飛越抒情帶》，臺北：秀威，2011。
11《游牧路線——東海岸愛戀赤字的旅行》，臺北：秀威，2012。
12《意象跟你去遨遊》，臺北：秀威，2012。

周慶華／著

# 附錄：作者著作一覽表

13《流動偵測站——列車上的吟詩旅人》，臺北：秀威，2016。
14《詩後三千年》，臺北：秀威，2017。
15《重組東海岸》，臺北：秀威，2018。

## 三、散文集

1《追夜》（附錄小說），臺北：文史哲，1999。
2《酷品味——許一個有深度的哲學化人生》，臺北：華志，2018。

## 四、小說集

1《瀰來瀰去——跨域觀念小小說》，臺北：華志，2019。

**五、傳記**

1《走上學術這條不歸路》，臺北：揚智，2016。

**六、雜文集**

1《微雕人文——歷世與渡化未來的旅程》，臺北：秀威，2013。

**七、編撰**

1《幽夢影導讀》，臺北：金楓，1990。
2《舌頭上的蓮花與劍——全方位經營大志典：言辭卷》，臺北：大人物，1994。

## 八、合著

1《中國文學與美學》（與余崇生、高秋鳳、陳弘治、張素貞、黃瑞枝、楊振良、蔡宗陽、劉明宗、鍾屏蘭等合著），臺北：五南，2000。
2《臺灣文學》（與林文寶、林素玟、林淑貞、張堂錡、陳信元等合著），臺北：萬卷樓，2001。
3《閱讀文學經典》（與王萬象、董恕明等合著），臺

# 附錄：作者著作一覽表

北：五南，2004。

國家圖書館出版品預行編目(CIP)資料

瀰來瀰去 ： 跨域觀念小小說 / 周慶華著． -- 初版．
-- 臺北市 ： 華志文化， 2019.04
面； 公分． -- ( 觀念小說 ; 1)
ISBN 978-986-97460-0-7( 平裝 )

857.63 108002677

華志文化事業有限公司
系列／觀念小說01
書名／瀰來瀰去——跨域觀念小小說

作者 周慶華
執行編輯 簡煜哲
美術編輯 楊雅婷
封面設計 王志強
文字校對 陳欣欣
企劃執行 張淑芬
總編輯 黃志中
社長 楊凱翔
出版者 華志文化事業有限公司
電子信箱 huachihbook@yahoo.com.tw
地址 116 台北市文山區興隆路四段九十六巷三弄六號四樓
電話 0937075060

總經銷商 旭昇圖書有限公司
地址 235 新北市中和區中山路二段三五二號二樓
電話 02-22451480
傳真 02-22451479
郵政劃撥 戶名：旭昇圖書有限公司（帳號：12935041）

出版日期 西元二〇一九年四月初版第一刷
版權所有 禁止翻印 Printed In Taiwan
書號／G301

華志文化

華志文化

華志文化

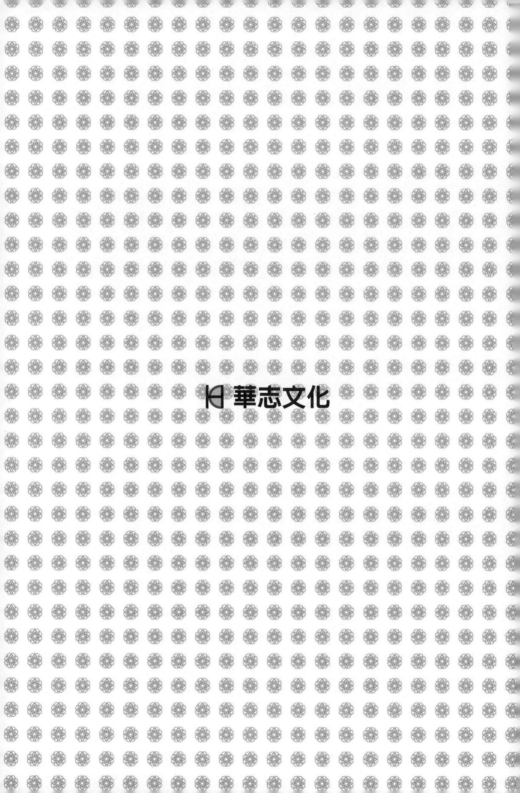

華志文化